안녕, 꿀모이

박이강
장편소설

안녕,
꿀로이

봄*

차례

1

같은 책을 읽는 사람

"같은 책을 읽는 사람은 서로 아는 사이나 마찬가지라던데."

네가 처음으로 내게 다가와 말을 걸었을 때, 그렇게 말한 거 기억나? 얼떨결에 책에서 눈을 떼고 고개를 든 나는 내 앞에 서 있는 널 보고 얼마나 놀랐는지 몰라. 멍한 내 얼굴이 바보 같아 보여서였을까. 너는 웃으며 손에 쥔 책을 들어 보였어. 버지니아 울프의 '올랜도'. 나와 똑같은 펭귄 페이퍼백이었지. 그제야 나는 어색하게 웃어 보였어. 그리고 네가 한 말의 뜻을 이해했지. 너는 장난기 가득한 얼굴로 말했어.

"넌 거의 다 읽었네. 지금 결말을 물어보는 건 좋은 생각이 아니겠지?"

그때 카페 입구에서 빨리 나오라고 아이들이 부르는 소리가 들렸어. 너는 "미안, 또 봐"라고 말하며 급히 자리를 떠야 했지. 내가 너를 계속 쳐다보고 있는 걸 느꼈던 걸까. 너는 중간쯤 가다 뒤돌아서서 나를 향해 소리쳤어.

"참, 나는 끌로이야!"

그리고 시야에서 사라졌지. 마치 파랑새가 내 앞에 앉았다가 휙 날아가 버린 것 같았어. 나는 올랜도의 표지를 가만히 쓰다듬으며 너의 말을 곱씹었어. 서로 아는 사이……. 그러니까 그 순간 나는 뉴욕에 아는 사람이 생겼던 거야.

그날 밤 책을 다 읽었어. 마지막 페이지를 넘기며 너를 다시 만나면 꼭 올랜도 얘기를 해야겠다고 생각했지. 그 책은 지금 내 침대 머리맡에 있어. 잠이 안 오면 언제든 뒤적이려고. 한 페이지를 끝까지 읽는 경우는 드물어. 문장을 따라가다 보면 어느새 내 생각은 너라는 샛길로 빠지고 말거든. 언제쯤이면 네게서 소식이 올까? 잘 지내는 거지?

❣

한 달 전 끌로이는 지유에게 절교를 선언하고 함께 살던 아파트를 나갔다. 지유는 아파트에 틀어박힌 채 힘들게 끌로이의 부재를 견뎌야 했다. 마음속으로 수백 번 엄마를 찾고 끌로이를 원망하다 자책으로 이어지는 시간이 느리게 흘러갔다. 금방이라도 현관문이 열리면 돌아온 끌로이가 서 있을 것만 같았지만, 그런 바람이 절망으로 바뀌는 데 는 긴 시간이 걸리지 않았다. 그러다 삼촌의 전화를 받았 다. 갑작스러운 엄마의 입원 소식을 알리는 전화였다. 지 유는 다시 한번 나락으로 떨어졌다. 그리고 도망치듯 뉴욕 을 떠났다.

멀어지면 모든 게 희미해질 줄 알았다. 하지만 서울에서 지유는 더 집요하게 끌로이 생각에 매달렸다. 수시로 리모 컨의 리와인드 버튼을 누르듯 끌로이와 함께한 시간을 거 슬러 올라갔다.

처음 만났던 순간을 떠올리면 늘 미소가 지어졌다. 사실 지유는 그전부터 끌로이의 존재를 의식하고 있었다. 처음 머릿속에 끌로이가 각인된 건 그녀가 머리를 파랗게 물들 였던 때였다. 지유는 예쁜 한 마리 파랑새를 떠올렸고 그때 부터 캠퍼스에서 눈에 띌 때마다 끌로이를 유심히 훔쳐보 았다. 보헤미안 스타일로 크게 부풀린 긴 머리, 양 볼에 가 득한 주근깨, 엷은 아몬드 빛깔의 눈동자, 위에서 팽팽하 게 잡아당긴 것처럼 끝이 솟아 있는 코는 매력적이었다. 무 엇보다 지유를 사로잡은 건 끌로이의 걸음걸이였다. 항상 머리에 헤드셋을 끼고 춤추는 것처럼 건들거리며 걷는 모습을 보노라면 저 아이는 마음 가는 곳이라면 어디든 훌훌 날아갈 수 있을 것 같았다.

끌로이와의 행복한 기억을 더듬어 가면 갈수록 지유는 고민하지 않을 수 없었다. 도대체 어디서부터 무엇이 잘못된 건지를.

❣

지유는 막 시험을 치르고 나온 강의실 건물 앞 벤치에 앉아 있었다. 이로써 중간고사가 다 끝났다고 생각하니 허탈했다. 삼 년이 지났는데도, 이젠 익숙해질 만한데도, 시험 기간만 되면 지유는 막막했다. 언제까지 이걸 반복할 수 있을까. 이번에도 성적이 제대로 나오지 않으면 큰일이었다.

전날 밤 일도 생각하면 마음이 편치 않았다. 일이 있어 나가 봐야 하는데 혼자 잘 수 있겠냐고 묻는 엄마의 말이 평소라면 그렇게까지 거슬리진 않았을 것이다. 이젠 엄마없이도 잘 잔다고, 새삼스레 뭘 그런 걸 묻냐고, 제발 볼일 있으면 기다리지 말고 나가라고 지유는 쏘아붙였다. 엄마는 시험 기간이라 지유가 예민해져서 짜증을 낸다고 생각했을 것이다. 그러니까 별말 없이 알았다며 화면을 껐겠지.

미국에 온 후로 지유는 집에서 늘 페이스타임을 켜 놓았다. 지유의 마음은 수시로 서울에 있는 엄마에게 달려갔고, 특히 초기에는 엄마가 지켜보고 있다는 걸 알아야만 안심하고 잠들 수 있었다. 엄마는 여간해선 점심 약속을 잡지 않았고 희미한 어둠 속에서 딸이 잠든 걸 확인한 후에야 페이스타임을 껐다. 나중에는 잠들지 못하거나 마음이 놓이지 않아서가 아니라 습관처럼 그렇게 했다. 적어도 집에 있는 동안 화면으로 공유하는 일상은 모녀에게 공기처럼 익숙한 것이었다.

지유는 모의고사가 가까워지면 엄마가 항상 했던 주문을 기억했다.

"모의가 아니고 실전이라고 생각해야 해."

하지만 실전은 힘겨웠다. 매번 승부가 안 나는 결승전을 치르는 기분이었다. 다행히 아무리 힘에 부쳐도 엄마의 기대에 부응하려고 애쓰다 보면 한 단계 더 높은 곳으로 올라갈 수 있었다. 외고 입학에 성공했을 때 지유는 그런 노력이 가져다준 보상에 얼마나 감격했는지 모른다. 물론 항상 성공만 했던 건 아니었다. 결정적으로 아이비리그 입성이라는 가장 중요한 목표에 실패했으니까. 아직도 지유는 그때 엄마가 좌절했던 모습을 떠올리면 가슴이 아팠다. 미국 대학으로의 편입은 여러 가지 고려 끝에 엄마가 선택한 차선책이었다. 결국 지유는 재수하는 기분으로 원치 않는 대학에 들어갔다. 대학 생활은 적을 두는 게 목적이었기에 동급생들과는 거의 교류가 없었다. 편입은 계획처럼 쉽지 않았다. 하지만 모녀는 포기하지 않고 서로 한 발씩 묶고 장거리 육상경기에 나간 공동주자처럼 계속 달려갔다. 지유는 감당하기 힘들 정도의 자괴감을 겪은 후에야 간신히 뉴욕대 편입에 성공할 수 있었다. 남들은 쉽게 가는 길을 자신은 숨이 턱에 찰 때까지 돌고 돌다가 피니시라인에 겨우, 그것도 맨 마지막에 당도한 기분이었다.

돌이켜보면 그렇게 달려왔던 페이스를 처음으로 잃었던 때가 유학 첫해였다. 지유는 기숙사 방 안에 처박힌 채 아무것도 할 의욕을 느끼지 못했다. 그냥 모든 게 피곤했다. 이젠 엄마도, 언제든 집으로 불러들일 수 있는 과외선생님도 없다고 생각하니 허허벌판에 혼자 남겨진 것처럼 막막하기만 했다. 공부를 잘해야만, 유학을 다녀와야만, 그럴 듯한 삶을 살 수 있다고 믿어 왔지만, 과연 뭐가 이상적인 삶인지 모르겠다는 생각이 들었다. 막상 뉴욕에 오니 엄마의 보호 속에 착실한 수험생으로 살았던 시절이 그리웠다. 은신할 공간은 없지만 절대 내쳐질 일도 없었던 그 안온한 새장 속으로 돌아가고 싶었다.

뉴욕에서는 모두가 너무 활기차고 너무 분주해 보였다. 모든 게 지유 위주로 돌아갔던 서울의 일상을 떠올릴수록 뉴욕이라는 도시는 정이 가지 않았다. 학교에서 마주치는 외국 아이들은 거리감이 느껴져 선뜻 다가가기 힘들었고, 한국 아이들은 굳이 친해지려고 애쓰고 싶지 않았다. 특히 외고 유학반 때 자신보다 성적이 안 좋았던 아이가 눈에 띄면 뭔가 억울한 느낌이 들어 언짢았다. 차라리 집에 틀어박혀 미뤄 놨던 한국 드라마를 보는 게 편했다. 바람을 쐬고 싶으면 삭스피프스애비뉴에 가서 쇼핑을 하면 됐다. 때로는 종일 쇼핑만 하면서 허한 마음을 달랬다. 그러다 시간을 낭비한 것 같아 마음이 불편해지면 신문 가판대에서 뉴욕타임스를 사 와 영어 독해집 진도를 나가듯 기사를 하나씩 읽었다. 뉴욕에 오면 모든 게 환상적인 다른 세상이 펼쳐질 줄 알았지만 혼자서 헤쳐 나가야 하는 고강도 실전이 시작됐을 뿐이었다. 갑갑한 언어 장벽도 딸이 영어를 잘한다고 믿는 엄마에게 차마 털어놓지 못하는 어려움이었다. 특히 토론 위주의 수업이 고역이었다.

지유는 나른한 가을 햇살이 쏟아지는 캠퍼스에서 즐겁게 이야기를 나누며 걸어가는 아이들을 바라보았다. 그 모습이 자신과는 무관한 세계의 풍경 같다고 느낀 순간, 갑자기 누군가가 시야에 들어왔다. 끌로이였다. 배낭을 멘 그녀는 귀에 헤드셋을 끼고 바쁘게 걸어가고 있었다. 지유는 자기도 모르게 벌떡 일어나 단숨에 끌로이 앞으로 달려갔다. 지유를 알아본 끌로이가 깜짝 놀라며 헤드셋을 빼목에 걸쳤다.

　"안녕, 끌로이!"

　지유가 먼저 인사를 건넸다.

　"오, 안녕!"

　끌로이가 대답했다.

　"지난번에 내 이름을 얘기하지 못했어."

　"맞아."

　"난 지유라고 해."

　그러자 끌로이는 눈을 찡끗하며 말했다.

　"안녕, 지유!"

　지유는 붉게 상기된 자기 얼굴을 의식하며 얼른 말을 이었다.

　"막 시험 치고 나오는 길이야. 이제 끝났어."

"그래? 나는 어제 끝났는데."

"잘 봤어?"

"잘 봤던가. 벌써 기억도 안 나."

장난스럽게 눈알을 굴리며 끌로이가 말했다.

"그 책 말이야."

"책?"

"올랜도."

"아."

끌로이는 기억난다는 듯이 그래, 맞아, 하면서 웃었다. 그날 카페에서 봤던 표정과 똑같아 반가웠다.

"나는 고등학교 때 한국어로 읽었는데, 이번에 영어로 다시 읽었어."

"너 한국 사람이구나. 그래서 좋았어?"

"응."

"너는 어떤 게 좋았는데?"

끌로이의 질문이 반가우면서도 어디서부터 말을 시작해야 할지 난감했다. 올랜도라면 지유는 할 말이 많았다. 그 책은 엄마가 내민 독서목록에서 세 번째이자 마지막으로 읽었던 책이었다. 서울대 100대 권장 도서, 뉴욕타임스 선정 필독 도서 같은 유의 리스트를 맹신했던 엄마는 지유가 고등학교에 입학하자 현기증이 날 정도로 긴 독서목록을 짜 주었다. 하지만 책 한 권을 읽는 데 생각보다 많은 시간이 소요된다는 걸 깨닫자, 올랜도를 끝으로 논술학원에서 제공하는 필독서 요약본을 챙기기 시작했다. 지유는 그때 끝까지 읽었던 세 권 중 하나가 올랜도인 걸 다행으로 여겼다. 처음으로 내 취향이 이런 건가 싶을 만큼 빠져들었던 책이기 때문이었다.

"음……. 환상적인 이야기잖아. 300년 동안 남성과 여성으로 다 살아 본다는 게."

지유의 말에 끌로이는 씩 웃었다.

"흠, 난 절대 그렇게 오래 살고 싶지 않아."

"있잖아. 너, 그거 알아?"

지유는 대화를 이어 가고 싶었지만 갑자기 이름이 떠오르지 않았다.

"그러니까 음, 비타……."

"색빌웨스트!"

순간 두 사람은 은밀한 암호를 주고받은 것처럼 의미심장한 미소를 지었다. 올랜도의 모델이자 버지니아 울프의 동성 연인. 지유는 하고 싶었던 말을 끌로이가 이미 다 이해해 버린 것만 같은 짜릿함에 자기도 모르게 숨을 깊게 들이켰다 내뱉었다.

그때 뭔가가 생각났다는 듯이 끌로이의 눈이 커졌다.

"맞다. 올랜도! 미스터 올랜도가 있지!"

"무슨 말이야?"

"최근에 만난 남자야. 그 사람 성이 올랜도야. 하하, 재밌지 않아?"

이어 이번 주 토요일에 계획이 있냐고 물었다. 지유가 고개를 가로젓자 끌로이는 말했다.

"잘됐다. 이제 곧 핼러윈이잖아. 나, 미스터 올랜도가 그의 작업실에서 여는 파티에 초대받았거든. 너도 같이 가자."

"뭐 하는 사람인데?"

"화가야. 나도 아직 그의 작업실에는 못 가 봤는데, 사람들이 굉장히 많이 올 거랬어. 핼러윈 파티에 가 본 적 있지? 원하는 대로 꾸미고 와. 나는 캣우먼과 트럼프 중에 뭘 할지 고민 중이야. 그런데 나 지금 늦어서. 얼른 네 번호 좀 줄래?"

휴대폰 번호를 교환하자마자 끌로이는 자리를 떴다.

지유는 첫 번째 만남과는 또 다른 감흥으로 벅차서 한참을 가만히 서 있었다. 갑자기 자신을 둘러싼 세계가 변해 버린 것 같았다. 파티에 초대받았다니. 그것도 새로 사

권 친구한테. 어릴 때 영어학원을 다닐 때를 빼곤 지유는 핼러윈을 즐겨 본 적이 없었다. 작년에도 거리에서 기괴한 분장을 한 사람들과 마주치는 게 싫어서 일찌감치 간식거리를 사서 집에서 드라마를 봤었다. 엄마에게 이 소식을 전하면 뭐라고 할까. 핼러윈 파티엔 어떻게 꾸미고 가야 하지. 지유는 가벼운 흥분을 느끼며 캠퍼스를 나섰다. 집으로 가는 길이 더는 쓸쓸하지 않았다.

❣

이상한 일이었다. 페이스타임으로 엄마와 막 대화를 마친 지유는 꺼진 아이패드 화면에 처음으로 편안함을 느꼈다. 지유는 오늘 가는 파티에 관한 자초지종을 이야기했고, 엄마는 파티 장소가 할렘이라는 걸 듣자마자 단번에 근심 어린 얼굴이 되었다. 지유는 꼭 가야 하겠느냐는 말이 나올 걸 알았기에 서둘러 나갈 준비를 해야 한다고 힘주어 말했다. 한참 만에 대화는 조심하라는, 그리고 꼭 택시 타고 가라는 당부를 끝으로 겨우 마무리되었다. 끌로이와는 지하철역 게이트에서 만나기로 되어 있었다. 지유는 지하철을 탈 거라고 솔직히 말하지 않은 게 살짝 후회되었다. 어차피 나중에 시시콜콜 후기를 전하다 보면 방심하다 지하철 탄 걸 들킬 게 뻔하기 때문이었다.

지유는 속옷 차림으로 전신거울 앞에 섰다. 최근 들어 몸에 꽤 살이 붙었다는 생각이 들었다. 어렸을 때부터 지유는 입도 짧고 너무 말랐다는 엄마의 걱정을 들으며 자랐지만, 미국에 온 후로 깡말랐다는 말은 전혀 어울리지 않는 몸이 되었다. 거울 속 얼굴은 여전히 뽀앴다. 학창 시절 '얼굴 하얀 아이'로 불렸던 지유는 자신의 아기처럼 보드랍고 새하얀 피부가 싫지 않았다. 하지만 얼굴은 맘에 들지 않았다. 엄마의 말로는 코가 오뚝해서 예쁘다지만 지유가 보기엔 약간 매부리코였고, 쌍꺼풀이 없어서 매력적이라는 눈도 아래로 처져서 고민이었다. 엄마를 닮은 얇은 입술도 마찬가지였다. 지유는 스스로 예쁘다고 생각해 본 적은 없지만 우리 딸은 참 귀티 나게 생겼다는 엄마의 말은 믿고 싶었다.

하지만 오늘은 평소와 달라 보이고 싶었다. 항상 단발머리를 고수해 왔지만, 머리가 좀 길었으면 좋았겠다는 생각도 들었다. 지유는 부지런히 머리를 매만진 후 흰 드레스로 갈아입었다. 가슴에 요란한 레이스 장식과 찰랑거리는 긴 프릴 소매가 달린 드레스였다. 등에 커다란 날개가 부착된 조끼까지 입자 꽤 그럴듯해 보였다. 평소 이런 스타일의 옷을 입지 않는 지유는 거울 속 모습이 낯설기도 하고 괜찮아 보이는 것도 같아 수줍게 웃었다. 유치해 보일까 봐 걱정했지만, 반짝이 머리띠도 드레스와 함께하니 잘 어울렸다. 지유는 몸을 좌우로 돌려 가며 거울 속에 비친 모습을 꼼꼼히 확인했다. 다 잘 샀다 싶어 흐뭇했다. 모두 끌로이가 알려 준 그리니치 빌리지에 있는 파티용품점에서 산 것들이었다.

그 가게에 갔던 날, 하나같이 너무 기괴하거나 과감한 옷들을 보며 고를 엄두를 못 내고 난감해했던 기억이 났다. 만약 엄마가 그런 옷들을 몸에 대보는 딸의 모습을 봤다면 '스크리밍 마마'라는 가게 이름처럼 비명을 질렀을 것이다. 그나마 이 천사 의상이 입을 용기가 나는 옷이었다. 지유는 날개를 달고 나갈까 한참을 고민하다 결국 벗어서 품에 안고 집을 나섰다.

❣

지하철을 탄 지유는 모두가 자기를 쳐다보는 것만 같아 부끄러웠다. 줄곧 눈을 내리깐 채 사람들과 시선을 마주치지 않고, 안내방송에만 귀를 기울이며 남은 정거장 수를 세었다. 끌로이와는 8시 정각에 135번 스트리트 역 1번 게이트에서 만나기로 되어 있었다. 뉴욕에 온 지 사 년이 다 되어 가지만, 할렘은 처음이었다.

드디어 전동차가 135번 스트리트 역에 멈추었다. 내리자 역내는 생각보다 한산했다. 지유는 갑자기 오줌이 마려웠다. 집에서 나오기 전에 커피를 너무 마신 탓이었다. 어서 화장실을 찾아야 한다는 생각과 동시에 지하철 화장실을 가기는 무섭다는 생각이 들었다. 사실 가 본 적도 없다. 지유는 두 가지 생각을 다 잊으려고 눈으로 표지판을 좇으며 종종걸음으로 걷기 시작했다. 누군가가 옆을 지나칠 때마다 온몸의 신경이 곤두섰다.

지상으로 나오자 그사이 밖엔 어둠이 짙어져 있었다. 맨해튼 한복판과는 사뭇 다른 삭막한 풍경이었다. 휴대폰을 꺼내 시간을 확인했다. 7시 55분. 주위를 둘러보았지만 끌로이는 보이지 않았다.

저만치 가로등에 등을 기대고 널브러져 앉아 있는 노숙자 한 명이 지유를 보더니 손을 흔들었다. 헝클어진 긴 레게머리를 한 중년의 백인 남자였다. 지유는 되도록 그쪽을 보지 않으려 했지만, 자신을 뚫어지게 쳐다보는 시선을 느낄 수 있었다. 몇 분이 지났을까. 노숙자가 소리쳤다.

"이봐, 앤젤!"

단번에 지유는 얼어붙었다.

"이리 한번 와 볼래?"

지유는 못 들은 척 시선을 돌리지 않았다.

"제발, 그러지 말고."

주위에 사람이라곤 저 멀리 소리를 지르며 우르르 몰려 가는 십 대의 아이들뿐이었다. 지유의 머릿속은 당장 다른 데로 가야 할지, 그러면 끌로이를 어떻게 만나야 할지 생각 하느라 분주했다.

"이봐, 나의 앤젤! 천사는 모두를 사랑하는 거 맞지? 야! 너, 영어 못 알아들어?"

그는 어쩔 줄 몰라 하는 지유의 모습이 재미있는지 킬킬 대며 웃기 시작했다.

"헤이, 칭크!"

그의 목소리가 커졌다.

"비싸게 굴지 말고. 오늘 밤 사랑은 내게 베푸는 게 어 때? 어서, 이리로 좀 와 보라니까."

그때였다.

"입 닥치지 못해!"

성난 목소리로 소리를 지르며 나타난 사람은 끌로이였다. 웨이브 진 머리를 곧게 편 모습을 처음 봐서인지 다른 사람 같았다. 하얀 탱크톱 위에 멜빵을 매고 검은색 초미니스커트를 입은 끌로이는 팔꿈치 위까지 올라오는 검은 장갑을 끼고, 허벅지까지 올라오는 검은 스타킹에 빨간 부츠를 신고 있었다. 지유는 끌로이가 내뿜는 당찬 기운에 눌려서 반가운 내색조차 하지 못했다.

"입 닥치지 못해!"

남자가 놀리듯 끌로이의 말투를 흉내 냈다.

"내가 경고했어. 이 나쁜 자식아."

"오호, 너는 뭐야. 칭총의 수호신인가?"

끌로이는 천천히 남자에게 다가갔다. 그리고 허리춤에서 뭔가를 꺼내 남자에게 겨누었다. 맙소사. 그건 작은 권총이었다. 지유는 머릿속이 하얘지는 것 같았다. 남자는 킬킬거리던 웃음을 멈추고 빤히 끌로이를 쳐다보았다. 이어 황당해하는 표정으로 양손을 천천히 머리 위로 올렸다. 끌로이는 총을 겨눈 채 한참 남자를 노려보다 몸을 돌리고 지유에게 다가왔다.

"가자."

끌로이는 지유의 팔을 낚아채듯 잡고 빠른 걸음으로 걸

기 시작했다.

"뒤돌아보지 마."

말없이 일 이 분을 걸었을까. 긴장이 풀리자 맹렬한 요의가 찾아왔다. 지유는 더는 참을 수가 없었다.

"나 화장실 가고 싶어. 쌀 것 같아."

그제야 끌로이는 걸음을 멈추고 피식 웃더니 길 건너편에 있는 KFC를 가리켰다.

"저기로 가자."

지유가 곧장 화장실로 뛰어갔다 매장으로 돌아왔을 때, 끌로이는 창가 테이블에서 태평스럽게 치킨을 먹고 있었다. 그녀는 정신없이 입을 우물거리며 얼른 와서 먹으라는 손짓을 했다.

"그거 진짜 권총이었어?"

지유가 자리에 앉으며 물었다.

"하하. 그럴 리가."

"넌 아까 무섭지도 않았어?"

"뭐가?"

"그 남자 말이야."

"무섭긴. 마약에 절어서 제 몸도 못 가누던데. 물론 모든 노숙자에게 나처럼 하다간 큰일 나. 알지?"

지유는 고개를 끄덕이며 몸서리를 쳤다.

"난 아직도 무서워."

"무섭긴. 내가 옆에 있잖아."

순간 내가 옆에 있다는 끌로이의 한마디가 벼린 칼날처럼 날카롭게 지유의 마음을 파고들었다. 그동안 절절했던 엄마의 부재가 상기되면서, 그토록 간절히 듣고 싶었던 말을 누군가가 해 주었다는 게 감격스러워 울컥했다. 지유가 눈을 내리깐 채 말이 없자 끌로이는 진지한 얼굴로 말했다.

"그런데 너는 무서운 게 아니라 화가 났어야지. 그 남자가 한 말이 무슨 뜻인지는 알지?"

"……응."

"그래. 그럼 됐어."

끌로이는 씩 웃어 보이며 한쪽 어깨에 흘러내린 멜빵을 고쳐 올렸다. 지유가 물었다.

"멋지다. 라라 크로프트로 분장한 거지?"

"뭐? 라라 크로프트?"

"툼 레이더 아니야?"

"아, 뭐야. 티파 록하트잖아!"

"그게 뭔데?"

"티파 몰라? 파이널 판타지 7!"

"파이널 판타지가 뭔데?"

"세상에. 너 그 게임 몰라?"

지유는 가만히 고개를 가로저었다.

"정말? 그럼 다른 게임은 해 봤어?"

지유가 다시 고개를 가로젓자 끌로이는 또 물었다.

"단 한 번도?"

그렇다는 대답이 나오자 끌로이는 기가 찬다는 표정이었다.

"와. 단 한 번도 비디오 게임을 안 해 봤다는 애는 처음 봐. 너 희귀종이구나."

"게임은 담배처럼 백해무익한 거라고 생각해. 중독성이 있는 건 굳이 해 볼 필요가 없는 거 아닌가?"

"그럼 담배가 게임만큼 재밌는 거란 말이야? 한번 피워 보고 싶네."

장난스러운 얼굴로 끌로이가 말했다.

지유의 엄마는 딸이 중학교에 들어가자 집에서 TV를 없애 버렸다. 공부에 방해될까 봐 음악도 틀지 않았다. 지유는 모든 아이디와 패스워드를 엄마와 공유했고, 엄마는 딸의 인터넷 검색 기록까지 정기적으로 확인했다. 그런 엄마에게 게임을 해 보고 싶다는 말은 꺼낼 생각조차 할 수 없었다. 끌로이는 혼잣말하듯 말했다.

"너무 재밌다."

"뭐가?"

"이상하게 말이야. 나는 네가 오늘 천사로 분장하고 올 것 같은 예감이 들었거든. 그런데 짜잔. 진짜 천사가 돼서 나타났어. 하하. 더 놀라운 건 네가 게임도 한 번 안 해 본 진짜 천사 같은 아이라는 거지."

"놀리지 마. 천사가 되고 싶어서 된 게 아니라고. 스크리밍 마마에 입을 만했던 옷이 이것밖에 없었어."

"거기 옷들 막상 입어 보면 다 별거 아닌데. 자, 이제 날개 달아야지."

끌로이는 손에 묻은 기름기를 옷에 쓱쓱 닦고 자리에서 일어났다. 이어 지유가 조끼 입는 걸 도와주고 머리띠 밖으로 삐져나온 잔머리도 정리해 주었다. 출발하려던 찰나, 끌로이는 지유를 멈춰 세웠다.

"잠깐만, 지유. 아무래도 안 되겠어. 이건 너무 재미없지 않아?"

끌로이는 주머니에서 빨간 립스틱을 꺼내 지유의 한쪽 입술에서 턱까지 흘러내리는 피를 그려 넣었다. 대번에 그녀의 얼굴에 만족스러운 미소가 떠올랐다.

"됐어. 피 흘리는 천사. 멋지다."

가을 밤공기가 서늘했다. 피 흘리는 천사와 티파 록하트는 길을 걷기 시작했다. 멀리 창마다 희미한 불빛이 흘러나오는 정사각형 건물이 보이자 끌로이는 저기 같다고, 저 건물 1층 창고가 미스터 올랜도의 작업실일 거라고 말했다. 지유는 그와 친한 사이냐고 물었다.

"글쎄. 그렇기도 하고, 아니기도 해. 지난주에 처음 만났고, 한 번 잔 게 다야."

순간 지유는 세게 기침을 했다. 언젠가 야한 영화를 보다 엄마에게 들켰을 때도 몸이 같은 반응을 했었다. 지유는 나란히 걷는 덕분에 당황스러워하는 자기 모습이 보이지 않아 다행이라고 생각했다.

"내가 매주 봉사활동을 나가는 단체가 있어. MFA라고. 거기서 일 년에 한 번씩 후원자들을 초대해서 파티를 하거든. 거기서 미스터 올랜도를 만났어. 그 남자는 최근에 암 선고를 받았다지 뭐야. 안 됐지. 그는 자기 아버지가 십 년 가까이 씩씩하게 암 투병하는 걸 지켜봐서, 의외로 담담하게 받아들이는 중이라고 하더라."

"그는 몇 살인데?"

"몰라. 근데 참 괜찮은 사람이었어. 이상하게 헤어지기가 싫더라. 그래서 내가 먼저 그의 집에 가고 싶다고 했어. 정말 멋진 밤이었어."

지유는 아무런 대꾸도 하지 못했다. 엄마가 이런 말을 들으면 뭐라고 할까. 끌로이는 계속 말을 이어 갔다.

"우리 엄마는 호스피스 병동에서 일하거든. 매일 죽음을 봐야 하는 일이지. 환자들이 붙여 준 우리 엄마 별명이 뭔지 알아? 미세스 스마일이야. 항상 환하게 웃거든. 마치 돈을 안 넣어도 음악이 나오는 주크박스처럼. 언젠가 엄마에게 물은 적이 있어. 왜 그렇게 만날 웃느냐고. 엄마는 그랬어. 따지고 보면 인생은 그렇게 심각할 게 없다고. 그러니까 웃으라고. 네가 하고 싶은 대로 다 하라고. 나이가 들어 뒤돌아봤을 때 추억할 만한 일을 많이 만들면 된 거라고. 그리고 남을 도우라고."

속사포 같은 말이 호흡에 겨운지 끌로이는 크게 숨을 몰아쉬고는 다시 말했다.

"난 엄마처럼 살고 싶진 않아. 매일 죽어 가는 노인들을 보면서 생글생글 웃진 못할 것 같거든. 지금도 병원에서 아르바이트하지만, 아픈 사람들을 지켜보는 일은 정말 힘들어. 엄마는 내가 말 안 듣는 딸이라고 불만이 많지만, 난 딱 하나만은 엄마 말대로 할 거야. 네가 하고 싶은 대로 다

하라고 한 거. 엄마가 한 말 중에 난 그 말이 제일 마음에 들거든."

끌로이의 재잘거림은 파티 장소에 도착하지 않았다면 멈추지 않을 기세였다.

멀리서도 건물 안에서 새어 나오는 쿵쾅거리는 음악 소리가 들렸다. 가까이 가자 좀비로 꾸민 남녀 서너 명이 문 앞에서 담배를 피우고 있었다. 끌로이가 인사를 건네자 그들 중 한 명이 파이널 판타지!, 라고 외치며 엄지 척을 해 보였다.

안으로 들어가니 층고가 높은 커다란 창고나 다름없는 공간이 나타났다. 사람들은 어둑어둑한 조명 아래서 술잔을 부딪치고 이야기를 나누고 사이키델릭한 음악에 맞춰 몸을 흔들고 있었다. 미이라, 돌리 파튼, 조커, 카우걸, 그 외에도 지유로서는 뭐로 분장한 건지 모르겠지만 희한하고 기괴한 복장을 한 사람들로 가득했다. 한 번도 경험해 보지 못한 이질적인 분위기에 지유는 정신이 혼미해지는 것 같았다. 이런 공기, 이런 에너지, 이런 사람들은 뉴욕에서 처음 접해 보는, 끌로이가 인도한 신세계였다. 저만치 구석에서는 피투성이 죄수복을 입은 두 남자가 키스하고 있었다. 지유가 넋 놓고 그들을 쳐다보자, 끌로이는 미스터 올랜도부터 찾아보자며 그녀의 팔을 잡아끌었다.

"저깄다!"

끌로이는 드라큘라 백작으로 분장한 키가 크고 앙상하게 마른 남자를 가리켰다. 그는 홀 안쪽에서 사람들과 이야기를 나누고 있었다. 끌로이가 다가가자 그는 기다란 망토를 한 손으로 들어 올려 한 번 휘날리더니 두 팔 벌려 그녀를 포옹했다. 이어 양 볼에 쪽 소리를 내며 입을 맞추었다.

"오, 반가워요. 내 사랑."

지유는 그가 착용한 뾰족한 드라큘라 이빨에서 시선을 떼지 못했다.

"참, 인사해요. 여기는 내 친구 지유."

끌로이가 소개하자 그는 지유의 한 손을 들어 올려 손등에 키스하는 시늉을 했다.

"반가워요, 천사님. 당신은 물지 않을 테니까 긴장 안 해도 돼요."

이어 윙크를 하고는 몸을 굽혀 속삭였다.

"즐겨요!"

하얗게 칠한 그의 얼굴은 실제 모습이 어떨지 가늠이 되지 않았지만, 속눈썹만은 정말 길고 숱이 많았다. 끌로이는 그와 몇 마디를 더 나눈 후 다시 지유와 함께 아까 들어왔던 입구 쪽으로 자리를 옮겼다. 몸에 달라붙는 살구색 티셔츠와 스타킹을 신고 커다란 기저귀를 찬 남자가 두 사람이 있는 쪽으로 걸어오는 게 보였다. 한 손에 술잔을 든 그의 입에는 고무젖꼭지가 물려 있었다. 끌로이가 지유의 팔꿈치를 툭 치며 속삭였다.

"저 베이비, 여기 천사랑 딱이다. 자, 어서 가 봐."

그러고는 신난 얼굴로 사람들 사이를 헤집고 안으로 사라졌다.

❣

올랜도 파티 이후 지유와 끌로이는 가끔 문자를 주고받는 사이가 되었다. 주로 끌로이가 먼저 한국 사람들은 진짜 사진 찍을 때 치즈 대신 김치라고 해? 같은 느닷없는 질문을 하거나, 손님에게 가위로 냉면을 잘라 주는 종업원 사진을 웃는 이모티콘과 함께 보내는 식이었다. 언젠가는 이렇게 인기 많은 한국 밴드가 있었냐며 BTS 영상을 보낸 적도 있었다.

지유는 끌로이와 더 친해지고 싶었지만, 먼저 적극적으로 다가가 친구를 사귀는 건 그녀에게 익숙한 일이 아니었다. 끌로이 주변에는 친구가 많았고, 늘 몰려다니는 무리가 있었다. 한번은 그들이 모이는 자리에 초대받은 적도 있었지만, 끌로이의 친구들은 '드세고 못 말리는 애들'이라고 언질을 받았던 것보다 훨씬 더 이질감이 느껴지는 아이들이었다. 그들 사이에 끼어 간신히 몇 시간을 버티다 온 후론 그렇게 해서까지 끌로이를 보고 싶진 않았다. 어차피 끌로이에게 지유의 존재는 아는 한국 애 내지는 학교 친구 정도의 의미일지 몰랐다.

게다가 끌로이는 정신없이 바빴다. 지유는 끌로이의 일주일이 대강 어떤 식으로 흘러가는지 알게 되었는데, 수업 외에도 월 수 목, 주중 삼 일을 야간 병동에서 일했고 일요일에는 봉사활동을 나갔다. 그렇게 바쁘면서도 파티라면 빠지지 않고 쫓아다녔다.

새 학기가 시작되고 얼마 되지 않았을 때였다. 끌로이는 마이크로 파이낸스에 관한 세미나를 할 생각인데, 혹시 관심 있느냐고 물었다. 지유는 기쁜 마음으로 하겠다고 대답했다. 매주 금요일 저녁을 함께할 수 있다는 뜻이었으니까. 세미나가 끝나면 모두 근처에 있는 펍으로 가서 피자 한 조각과 맥주 한 잔을 마시고 헤어졌다. 그럴 때 지유는 끌로이 옆에 앉아 대화를 나누려고 애썼다.

그러던 어느 날이었다. 다들 작별 인사를 나누는데, 그 날따라 표정이 어두웠던 끌로이가 물었다.

"지유, 오늘 밤 나 좀 재워 줄래?"

뜻밖의 말에 놀라서 지유는 금방 대답하지 못했다.

"며칠 재워 주면 더 좋고. 갑자기 사정이 그렇게 됐어."

끌로이는 한숨을 쉬며 전날 룸메이트와의 일을 얘기해 주었다. 처음부터 마찰이 많았던 친구라고 했다. 룸메이트가 자기가 맡은 욕실 청소를 안 한다던가, 아무리 이어폰으로 들으라고 부탁해도 한밤중에 음악을 트는 버릇을 못 고치는 건 차라리 사소한 일이었다. 문제는 그 친구가 지나치게 술을 좋아한다는 거였는데, 고주망태가 될 만큼 술을 마신 날이면 새벽에 모르는 친구들을 우르르 몰고 와서 난장판이 될 정도로 술판을 벌인 적이 한두 번이 아니었다고 했다.

"나쁜 친구는 아니었어. 매번 술이 깨면 정말 미안하다고 다시는 안 그러겠다고 했으니까."

다행히 끌로이가 폭발 직전까지 갔을 때 변화의 계기가 찾아왔다. 룸메이트가 홀딱 반해 버린 남자가 생기면서 이유는 모르지만 술을 끊기로 단단히 결심한 것이다. 끌로이로서는 환영할 만한 변화였다. 룸메이트는 그와 가까워지려고 무던히 애썼는데, 결정적으로 그의 환심을 살 기회가 찾아왔다. 남자가 갑자기 장기 출장을 가게 된 것이다. 끌로이는 룸메이트가 자기와 상의도 하지 않고 베토벤을 집으로 데려왔다고 말했다.

"베토벤?"

"응. 그 남자의 반려견 이름이야. 까만 래브라도 리트리버인데, 못 말리게 귀여운 녀석이지. 너 리트리버가 얼마나 활동량이 많은 줄 아니? 하루라도 산책을 거르면 난리가 나. 그런데 내 룸메이트는 그 남자에게 자기가 베토벤을 돌봐 주겠다고 하고 집에 데려다만 놨지 도대체 돌보질 않는 거야. 결국 며칠도 못 가서 다 내 일이 되었지. 뭐, 솔직히 나로서는 불평할 일은 아니었어. 나는 개를 무척 좋아해서 베토벤 때문에 신이 났었거든. 녀석 덕분에 정말 행복한 시간을 보냈어."

끌로이는 베토벤이 생각나는지 흐뭇한 미소를 지었다.

"베토벤을 보낸 다음 날이었어. 룸메이트와 얘기를 나누는데 그 애가 사실 자기는 그 개가 너무 싫었다고 말하는 거야. 그래서 물었어. '왜?' 그랬더니 뭐랬는지 알아? '까매서.' 사람도 까마면 싫은데 개는 오죽하겠느냐고. 그러고는 유쾌한 농담이라도 한 것처럼 생글거리며 웃는 거야.

딱 거기까지였어. 내가 그 애를 참을 수 있는 건. 고향의 내 베프가 블랙이야. 그런 말을 하는 인간들은 절대 참을 수 없어."

"그래서 넌 뭐라고 했어?"

"너 참 불쌍한 인간이라고, 당장 나랑 네 남자친구한테 가자고, 거기서 지금 한 말을 그대로 하고 그와 나와 베토벤에게 사과하고 용서를 구하라고 했지. 그러지 않으면 난 단 하루도 더는 너와 살지 않겠다고."

이야기를 듣는 동안 지유의 머릿속에는 한 번도 생각해 보지 못했던 아이디어가 스쳤다.

"그럼…… 새 룸메이트 구해야겠네?"

"그렇지. 빨리 구할 수 있을지 걱정이야. 부모님께 SOS를 치긴 싫고. 학자금 대출 한도를 다시 조정해서 집을 구할 수는 있겠지만, 그러면 상황이 아주 고약해지거든."

"너…… 나랑 함께 사는 건 어때?"

"뭐?"

끌로이는 놀란 얼굴로 지유를 쳐다보았다.

"사실 나 방 두 개짜리 아파트에 살아."

"뭐? 혼자 맨해튼의 방 두 개짜리 아파트에 산다고?"

끌로이는 그 사실에 더 놀란 것 같았다.

"하나는 방이라고 할 수 없을 정도로 작아."

"글쎄, 나로서는 너무 좋은 제안이긴 한데……, 거긴 월세가 얼마나 되는지 모르겠네. 내 말은."

"그냥 지금 네가 내던 월세 그대로 해. 너도 보면 알겠지만 그 구석방이 정말 작다니까. 반반 부담하자고 할 수가 없다고."

끌로이는 잠시 생각에 잠긴 얼굴이 되더니 말했다.

"그럼 하나만 약속해 줘. 한밤중에 모르는 애들을 몰고 와서 술판을……."

거기까지 말하고 끌로이는 큭 하고 웃음을 터뜨렸다. 얼떨결에 지유도 따라 웃었다.

그렇게 끌로이는 생각지도 않게 지유의 삶 속으로 들어왔다. 소식을 전하자 엄마는 공부에 방해되지 않겠느냐고, 누구하고 한 번도 방을 같이 써 본 적이 없는 애가 불편하면 어떡하냐고, 더구나 외국인인데 괜찮겠냐고 걱정했지만 예상대로 설득은 어렵지 않았다. 엄마의 마음을 움직일 수 있는 말이 뭔지 정확히 알고 있었기 때문이었다.

"엄마, 그동안 내 영어 과외에 들인 돈을 생각해 봐. 한때는 원어민 입주 과외를 들이는 게 엄마 소원이었잖아. 이건 그 애가 월세를 한 푼도 안 낸대도 오히려 내가 고마워

해야 할 기회라고. 성적도 좋은 애야. 더구나 전공도 같으니까 내게 엄청나게 도움이 될 거야."

설령 엄마가 반대했다 해도 지유는 무슨 수를 써서라도 설득해서 끌로이를 룸메이트로 맞았을 것이다. 지유는 혼자 몰래 좋아하던 사람에게 데이트 신청을 허락받은 것처럼 설레는 마음을 감출 수 없었다.

❣

끌로이가 오기로 한 날이었다. 지유는 아파트를 청소하며 미열인지 흥분인지 모를 몸의 열기를 의식하고 있었다. 끌로이가 룸메이트가 된다는 게 아직도 믿기지 않았다. 종일 수시로 벽시계를 쳐다보며 끌로이가 도착할 때까지 남은 시간을 확인했다.

끌로이는 예정보다 훨씬 늦은 밤 10시가 다 되어서야 도착했다. 한 손으론 커다란 캐리어를 끌고 어깨에는 자기 몸통보다 더 큰 배낭을 멘 모습이었다. 끌로이는 기다리게 해서 미안하다는 말부터 꺼냈다. 자질구레한 비용을 정산하고 열쇠를 돌려주기 위해 저녁 내내 기다렸는데, 룸메이트가 약속 시각보다 세 시간이나 늦게 나타났다고 했다.

지유는 끌로이가 룸메이트에 대해 두 번이나 힘주어 한 말이 무슨 뜻인지 이해가 가지 않았다.

"'Wasted?' 그게 무슨 뜻이야?"

"완전히 맛이 갈 정도로 취했다고."

"아."

지유는 고개를 끄덕였다. 처음 알게 된 표현이지만 그 말만으로도 상황이 그려지는 것 같았다. 끌로이는 피곤한 기색이 역력한데도 씩씩하게 짐을 풀며 쉬지 않고 말을 했다. 그 소리가 집에서 한 번도 들어 본 적 없는 음악 소리 같았다. 끌로이의 말이 빨라지면 지유는 "응?" 또는 "다시 말해 줄래?"라고 물었고, 그럴 때마다 끌로이는 "그러니까 내 말은" 하면서 열심히 말을 이어 갔다. 한참 학교 이야기를 하던 중에 끌로이가 물었다.

"그런데 지유 너는 어떻게 뉴욕으로 오게 된 거야?"

"글쎄……."

지유는 그 질문이 잘 풀어 가다가 막힌 시험 문제처럼 어렵게 느껴졌다.

"음, 우리 엄마는 항상 내게 최고를 해 주고 싶어 하는 분이니까. 어차피 금융이나 경제를 공부할 거라면 세계의 중심은 뉴욕이니까 뉴욕으로 가야 한다, 그런 단순한 논리로 여기를 원한 거지."

"어? 그녀가 아니면 네가?"

끌로이의 반문에 지유는 주어를 계속 'I'가 아닌 'She'
로 말했다는 걸 깨달았다.

"둘 다. 그런데 요즘은……."

"왜?"

"그러니까……."

다시 운을 띄우자마자 지유는 갑자기 울컥해서 말을 잇
지 못했다. 어제 논문 지도교수와의 면담 후 자신감을 완
전히 잃은 상태였기 때문이었다.

애초부터 지유는 졸업논문으로 글로벌 금융위기에 관
련된 주제를 마음에 두고 있었다. 시장이 붕괴하고 위기가
찾아오면 누군가는 피해자가 되어야만 했다. 지유는 주식
시장의 붕괴와 밀접한 관계가 있는 선행지수를 찾아내 그
것이 어떤 패턴으로 발전하는지를 살펴보고 싶었다. 위기
는 예측 가능한 변수로 촉발되어 도미노 효과를 일으킨다
는 가설을 증명할 수 있다면 멋질 것 같았다.

"미안하군. 학사 학위가 아니라 노벨 경제학상을 노릴
논문을 쓰려고 하는 걸 몰랐다니."

지유의 논문 제안서 초안을 보고 지도교수인 카츠는 말

했다. 비꼬는 말투로 상대를 불쾌하게 만드는 데 일가견이 있는 사람이었다. 그는 지나친 야심을 가지기 전에 우선 논문 주제를 더 구체적으로 잡으라고 충고했다. 계획했던 문헌 연구 위주의 연구 방법도 절대 안 된다고 못을 박았다. 주제를 세분화시키라는 그의 요구에 따라 논문 주제는 계속 바뀌었다. 결국 마지막이길 원했던 '금융 위기 시 헤지펀드 실무자들의 포트폴리오 리밸런싱 변화'는 '글로벌 금융위기로 인한 급작스러운 자산가치의 손실이 미국 노년층의 자산건전성에 미친 영향'으로 바뀌어 최종합의가 되었다. 출항지를 떠난 배가 떠밀리듯 목적지에서 점점 멀어지다 엉뚱한 곳에 정박해 버린 꼴이었다. 그게 끝이 아니었다. 노년층 대상의 설문 조사가 필요한 연구가 되면 임상연구심의위원회를 통과해야 했다. 하소연하듯 그간의 고충을 털어놓으며 지유는 울먹이고 말았다.

"카츠는 나를 싫어해. 기를 죽이려고 작정했구나 의심이 들 정도로. 겨우 논문 제안서 단계인데 벌써 지쳐 버렸어. 요즘엔 영영 졸업을 못 할지도 모른다는 생각이 들어."

끌로이는 가만히 지유의 어깨를 감싸 안았다.

"그 인간 원래 유명하잖아. 욕구불만일 때 잘못 걸리면 끝장이라고. 걱정하지 마. 잘될 거야. 내가 도와줄게."

도와주겠다는 말이 그때처럼 감동적으로 들린 적은 없었다. 그 말만으로도 지유는 용기가 나는 것 같았다.

끌로이가 준비 중인 논문 주제는 '마이크로파이낸스 기관의 성공 요소'였다. 끌로이 말로는 계속 봉사활동을 해온 기관이라 주제를 잡는 데 고민도 없었고, 앞으로 리서치에 필요한 도움을 받는 것도 수월한 상황이라고 했다. 내일도 봉사 행사가 있다며, 아침 일찍 나갔다가 밤늦게나 돌아올 거라고 했다.

어느새 자정이 훌쩍 지나 있었다. 지유는 잘 자라는 인사를 건넸다.

"룸메이트는 처음이야. 네가 룸메이트가 돼서 기뻐."

"나도 기뻐. 그리고 고마워."

끌로이는 눈을 찡긋하며 이어 말했다.

"하룻밤만 더 기다려. 아침으로 끝내주는 와플을 맛보게 될 테니까."

다음 날 아침 지유가 일어났을 때, 끌로이는 벌써 나가고 없었다. 화장실에 들어가자 샤워 커튼에 물기가 남아 있었다. 사각형 세면대 안에는 대각선을 그려 넣은 듯 긴 갈색 머리카락이 붙어 있었다. 지유는 전날 미리 비워 놓은 욕실장 한 칸에 빼곡히 들어찬 끌로이의 물건을 찬찬히 훑어

보았다. 싸구려 샴푸와 린스, 바셀린 로션, 콜게이트 치약, 몇 년은 쓸 것 같은 치실 상자와 대용량 리스테린 통, 색색의 헤어롤과 약병 몇 개, 그리고 처음 보는 브랜드의 생리대를 보고 있자니 이제 혼자 사는 게 아니라는 실감이 났다.

♥

끌로이를 알면 알수록 지유는 어쩌면 엄마가 원했던 딸은 이런 아이가 아니었을까 하는 생각이 들었다. 그렇게 독립적인 아이라면 부모로서 걱정할 일이 없을 테니까. 끌로이가 룸메이트가 된 후 지유의 일상은 많이 달라졌다. 우선 재미있었다. 끌로이가 집에 있으면 밝은 에너지가 넘쳤고, 지유는 소리 내어 웃는 일이 많아졌다. 툭 하면 즉흥적으로 뭔가를 하자고 제안하는 것도 좋았다. 다른 동네의 벼룩시장을 찾아가고, 치매 환자를 위한 자선 바자회에서 쿠키를 굽고, 헌혈을 하고, 일일 살사 수업을 들은 건 모두 끌로이의 아이디어에 동조한 결과였다. 그런 날 밤이면 두 사람은 밤늦도록 수다를 떨었다. 지유는 예전처럼 늘어져서 한국 드라마를 보며 시간을 죽이는 일은 하지 않게 되었다.

특히 금요일 저녁은 지유가 일주일 중 가장 고대하는 시간이었다. 세미나가 끝나면서 그 시간은 둘만의 무비 나이트가 되었기 때문이었다. 지유는 끌로이 덕에 필름 포럼이라는 예술 영화 상영관을 알게 되었고, 거기에서 두 사람은 함께 영화를 보았다. 지유가 히치콕이나 찰리 채플린의 영화를 처음 본 곳도 그곳이었다. 자막이 없는 탓에 어떤 영화는 내용을 완전히 이해하지 못했지만, 매번 영화관을 나올 때면 문화의 세례를 받는 기분에 뿌듯했다. 끌로이가 너무 바빠서 더 많은 시간을 함께할 수 없다는 것만이 유일한 아쉬움이었다.

끌로이를 따라 이런저런 홈파티에 가는 것도 처음 경험하는 일이었다. 파티에 가면 끌로이는 늘 사람들에게 둘러싸였다. 지유는 그게 자랑스러워 약간은 우쭐한 기분으로 난 끌로이 룸메이트예요, 라고 말하기도 했다. 만약 누군가에게 끌로이다움을 설명해야 한다면 즐겨 말하는 일화도 생겼다. "저 친구는요. 집주인이 우리를 호구로 본다며 육 개월을 싸워서 기어코 변기 수리비 150달러를 받아 냈어요. 그러고는 곧장 고급 샴페인 한 병을 사 와서 신나게 건배를 외쳤죠. 집주인 만세! 우리도 만세!"

무엇보다 지유는 끌로이에게 자신에겐 없는 이타적인 면

이 있다는 걸 깨달았다. 끌로이는 시험 기간이라도 도움을 청하면 마다하는 법이 없었다. 도움을 받는 쪽은 대개 지유였지만, 그 사실조차 의식 못 하는 것 같았다. 지금까지 거쳐 간 영어 선생님 중 끌로이만큼 친절한 교사는 없었다. 아마 끌로이가 없었다면 논문 제안서는 완성되지 못했을 것이다.

명품에 전혀 관심이 없는 것도 신기했다. 에르메스와 토리버치의 로고를 구별하지 못할 정도였다. 한번은 지유가 샌들을 사 왔는데, 끌로이는 가격표를 보고 기겁했다.

"와, 세상에 이런 걸 사는 사람들이 진짜 있긴 있구나. 한국에서 온 공주님이 구대륙에 자선을 베풀었다고 생각할게."

비꼬는 말투는 아니었지만, 지유는 그 농담이 듣기 민망했다.

지유는 항상 세일 정보를 확인하고 할인 쿠폰을 챙기며 구제 옷을 즐겨 사는 끌로이를 보면서 자신이 돈에 대해 무신경한 면이 있다는 걸 알게 되었다. 지유에게 필요한 계산이란 엄마가 보내 주는 생활비를 초과하지 않고 쓰는 게 다였고, 돈이야 필요하다고 하면 언제든지 송금받을 수 있기 때문이었다. 엄마는 돈을 아껴 쓰라는 말을 하지 않았다. 오히려 할인에 연연하지 마라, 꼭 필요한 것만 비싼 거로 사라, 안목을 높이려면 좋은 물건을 많이 사 봐야 한다, 속옷과 신발은 꼭 최고급으로 사야 한다 같은 조언을 즐겨했다. 그 샌들을 산 것도 엄마의 가르침을 충실히 따랐던 거라 끌로이의 반응에 속으로 놀랐던 기억이 있다.

끌로이도 지유를 보고 신기해하는 게 있었다. 바로 지유의 맨송맨송한 귓불이었는데, 아직도 귀를 뚫지 않은 애는 처음 본다며 몇 번이나 신기해했다. 그럴 때마다 지유는 씩 웃고 말았지만 사실 귀를 뚫지 않은 건 엄마 때문이었다. 엄마는 고급스러워 보이지 않는다는 이유로 절대 귀를 못 뚫게 했다.

더욱이 문신은 꿈도 꾸지 못할 일이었다. 끌로이의 문신을 처음 봤을 때 지유는 얼마나 흠칫했는지 모른다. 처음에는 타월만 몸에 감고 욕실에서 나온 끌로이의 가슴 위쪽에 삐져나온 까만 점이 뭐가 묻은 건 줄 알았다. 그게 문신이라는 걸 알고 지유가 깜짝 놀라자 끌로이는 두르고 있던 타월을 내려 전체 모양을 보여 주었다. 가운뎃손가락 정도 길이의 꽃봉오리가 핑크빛 유두 옆에서 시작해 가슴 정중앙까지 비스듬하게 그려져 있었다.

"꽃이야?"

지유가 물었다.

"응. 라일락. 예쁘지?"

"왜 이걸 새겼는데?"

"열다섯 살 때 우연히 내 탄생화가 라일락이라는 걸 알게 되었어. 꽃말이 뭔지 알아? 사랑의 씨앗. 하하, 거창도 하지? 암튼 나는 맘에 들었어. 그래서 엄마한테 생일선물 대신 돈을 달라고 졸라서 한 거야."

"엄마가 데려간 거야?"

"아니. 혼자 갔는데?"

열다섯 살에 문신을 한 것도, 게다가 거기에 혼자 갔다는 것도 지유로서는 어안이 벙벙해질 일이었다. 지유는 끌로이의 봉긋한 가슴에 새겨진 라일락을 한참 바라보았다. 엄마가 문신을 뱀만큼이나 징그러워했던 게 기억났다. 문신에 관한 한 엄마는 딱 한마디로 일갈했다. "제 몸 귀한 줄도 모르고. 너라면 네 몸에 낙서하고 싶겠니?" 끌로이의 문신은 낙서 같아 보이진 않았다. 하지만 똑같은 게 자기 몸에 있다고 상상하자 왠지 불경스럽고 끔찍한 기분이 들었다. 지유는 끌로이 가슴에 타월을 다시 덮어 주며 물었다.

"그러면 네 생일이 언제인 거야?"

"5월 30일."

지유는 앞으로 특별해질 그 날짜를 머릿속에 깊이 새겼다. 그리고 끌로이가 엔지니어인 아빠와 호스피스 병동 간호사인 엄마 사이에서 태어난 그날, 미네소타의 소도시에 만개했을 라일락꽃을 상상했다. 지유는 끌로이의 어린 시절 이야기를 들을 때면 기분이 좋아지는 영화를 보는 것 같은 감흥에 젖곤 했다. 캠핑광 아빠와 수시로 캠핑을 가고, 엄마와는 추도예배에 가며, 수많은 친구와 친척들, 그리고 이웃들과 함께 어울리며 자라는 건 어떤 느낌일까. 지유는 누군가의 유년과 십 대가 그렇게 다양한 경험으로 채워질 수 있다는 게 신기하고 한편으로는 부럽기도 했다. 특히 열두 살 때부터 이웃집 할머니 심부름과 삼촌네 집 베이비시팅으로 용돈을 벌었다거나, 입학허가서를 받자마자 캐리어 하나를 달랑 싣고 초행인 뉴욕을 혼자 렌터카를 운전해 왔다는 유의 이야기를 들을 때면 정신없이 빠져드는 자신을 깨닫곤 했다.

반면 지유는 할 이야기가 없었다. 지유가 기억하는 학창 시절은 끝없는 시험, 너무 많아서 이름은커녕 얼굴도 기억나지 않는 과외선생님들, 매일 밤늦게까지 맴맴 돌던 대치동 학원가, 엄마와 자주 가던 호텔 레스토랑, 고2 때 엄마가 많이 아프면서 온 기사 아저씨, 그리고 말수가 적었던 그의 몸에서 나던 담배 냄새 외에 특별한 기억은 없었다. 여행을 즐기지 않는 엄마 때문에 서울 도심을 벗어난 적도 없었다. 끌로이처럼 친척이 많은 것도 아니었다.

"나는 왜 형제도, 할아버지 할머니도, 친척도 없어?"

어릴 때 지유는 엄마에게 볼멘소리로 불평하곤 했다. 그럴 때마다 "없기는"이라는 대답이 돌아왔지만, 엄마가 말하는 고모네와는 아빠가 돌아가신 후로 왕래가 없었다. 유일하게 외삼촌이 있긴 했지만 친근감을 느끼지 못했다.

시간이 지나면서 지유와 엄마의 페이스타임은 차츰 줄어들었다. 엄마는 반신반의하며 딸의 변화를 주시했다. 끌로이에 대해서는 이상하게 미덥지 않아 했다. 엄마와 페이스타임을 할 때면 지유는 끌로이가 룸메이트가 된 게 얼마나 좋은지, 얼마나 자신이 도움을 많이 받고 있는지, 또 영어도 얼마나 빠르게 늘고 있는지 맘껏 떠벌렸다. 엄마는 딸의 영어가 늘었다는 소식에는 기뻐했지만 갈수록 어딘지 모르게 서운함을 느끼는 눈치였다. 룸메이트를 배려해서 침실에서만 페이스타임을 하는 것도 불만이었다. "넌 요즘 할 얘기가 개밖에 없니?" 그런 핀잔을 들었을 때 지유는 엄마가 듣고 싶어 하는 이야기와 자기가 하고 싶은 이야기가 일치하지 않다는 느낌을 처음 경험했다. 엄마는 모든 걸 하나도 빠짐없이 듣고, 알고 싶어 하는 사람이었는데……. 그래도 끌로이가 매일 아침 지유의 커피를 만들어 준다는 이야기에는 고마워하는 눈치였다. 그걸 엄마는 적어도 딸이 룸메이트에게 휘둘리거나 밀리지 않는다는 증거로 보았다.

매일 아침 끌로이는 커피를 마시기 전에는 정신을 못 차리는 지유를 위해 커피를 내렸다. 정작 자신은 커피를 잘 안 마시지만, 와플이 구워지는 동안 내리면 시간이 딱 맞아서 별 수고도 아니라고 했다. 그리고 커피를 따를 땐 매번 같은 농담을 했다.

"자, 또 주유 시간이 됐군요. 오늘도 가득 넣어드릴까요?"

그러면서도 지유가 커피를 물처럼 마시는 걸 볼 때마다 고개를 절레절레 젓곤 했다. 네 몸은 커피를 연료로 작동하는 수상한 기계 같다면서.

지유는 늘어진 티셔츠에 팬티 차림으로 커피를 내리는 끌로이의 뒷모습을 보며 속으로 되뇌었다.

'이젠 모든 게 완벽해.'

2

도미노 게임

솔직히 나는 엄마가 죽어 버렸으면 좋겠다고 생각한 적이 있어. 아무한테도 말한 적 없지만. 중학교 2학년 때였어. 그때 내가 느꼈던 증오에 가까운 감정은 살이 타들어 가는 것처럼 강렬했고 그래서 지금도 생각하면 아프고 부끄러워. 뉴욕에서 돌아와 병원을 처음 찾았던 날도 그때가 떠올랐어. 생각했던 것보다 심각한 엄마의 병세가 다 내 탓인 것만 같았거든.

그날 나를 휘몰아쳤던 여러 감정은 아직도 생생히 기억해. 학교에서 성적표를 받아 들었을 때의 기쁨, 숨이 찰 정도로 정신없이 집으로 달려갔을 때의 흥분, 집에 도착하자마자 엄마에게 가서 성적표를 내밀었을 때의 뿌듯함, 그리고 엄마가 기뻐하는 모습을 기대하며 눈을 맞추었을 때의 설렘을 말이야. 하지만 엄마는 내가 자랑스럽게 내민 성적표를 한참 동안 들여다보기만 했어. 그리고 차갑게 한마디를 했지. "아직은 아니야." 뜻밖의 반응에 나는 당황하지 않을 수 없었어. 원하는 성적을 받으면 사 주기로 약속했던 휴대폰이었거든. 그럼 휴대폰은? 내가 묻자 엄마는 이 성적을 학년 말까지 유지하면 사 주겠다고 했어. 그때의 황당함이란. 나는 왜 약속을 지키지 않느냐고 따졌지만, 엄마는 조금의 흔들림도 없었어. 불현듯 전혀 생각도 못 했던 이유가 머릿속을 스쳤어. 설마. 나는 물었어. 혹시 그 남자애 때문이냐고.

그 애는 수학학원에서 항상 내 옆자리에 앉던 키가 엄청 큰 아이였어. 내게 펜도 빌려주고, 초콜릿도 줬었지. 그 애가 자긴 다음 달에 학원 옮긴다고 너 휴대폰 있으면 연락할 텐데, 라고 한 걸 엄마한테 얘기한 건 그 애에게 전혀 관심 없기 때문이었어. 엄마도 다른 친구들과는 달리 별 관심을 보이지 않았어. 어느 날 엄마가 학원 앞에서 나를 기다리다 그 애를 우연히 보게 되었을 때도 그랬어. "무슨 애가 몸이 벌써 대학생 같니." 그 한마디를 했을 뿐이었지. 어쨌든 엄마가 내가 그렇게 재잘거릴 땐 한마디 말도 안 하다가 그 애 때문에 약속을 어길 마음을 먹었다는 건 참을 수 없는 일이었어. 나는 억울함을 목소리에 꾹꾹 눌러 담아 말했어. 난 그 남자애 좋아하지 않는다고. 휴대폰이 생겨도 연락하지 않을 거라고. 엄마랑 약속한 대로 대학에 들어갈 때까지는 절대 아무하고도 사귀지 않을 거라고 말이야. 엄마는 말했어.

"다 너를 위해서 그러는 거야."

피가 거꾸로 솟는 것 같았어. 그때처럼 화가 난 적은 처음이었어. 다른 아이들은 이미 다 가지고 있는 휴대폰인데. 그게 가지고 싶어서 얼마나 열심히 공부했는지 생각하자 참을 수가 없었어. 죽도록 공부했다고, 죽도록! 나는 소리를 지르며 길길이 날뛰었지. 엄마에게 그렇게 대든 적은 처음이었어. 엄마는 처음 보는 딸의 흥분한 모습에, 특히 나중에 엄마가 두고두고 얘기했던 되바라진 눈빛에 적잖이 충격을 받은 얼굴이었어. "그만하지 못해!" 엄마가 소리쳤어. 나는 끝내 분을 이기지 못하고 테이블 위에 있던 꽃병을 들어 사납게 바닥에 내리쳤어. 대리석 바닥 위에 떨어진 꽃병이 요란한 소리를 내며 유리 파편이 되어 사방으로 튀었지. 바닥에 흥건한 물 위에 시체처럼 널브러진 장미꽃들을 보자 비로소 정신이 들었어. 심장이 얼어붙을 것 같았지만 눈을 똑바로 뜨고 엄마를 쏘아보았어. 그러자 엄마는 내 뺨을 때렸어. 정말이지 믿을 수가 없었어. 난생처음 나는 맞았던 거야. 엄마도 내가 꽃병을 깨뜨렸을 때처럼 얼어붙은 모습이었어. 나는 한 손으로 맞은 뺨을 감싼 채 엄마를 노려보다 방으로 돌아와 방문을 걸어 잠갔어. 그제야 울음이 터져 나왔지. 나는 쪼그리고 앉아 서러움을 토해 내며 제발 엄마가 죽어 버렸으면 좋겠다고 생각했어. 진심으로.

그로부터 몇 달이 지나 엄마의 발병 소식을 알게 되었어. 나는 그때 내가 마음속으로 퍼부었던 저주가 엄마의 몸속에 암세포를 만들었다는 생각에 숨죽여 흐느꼈어. 언젠가 끌로이 너는 내게 물었지. 너는 어떻게 엄마 말을 그렇게 잘 듣냐고. 왜 그런지 말해 줄까? 그날 밤 나는 결심했거든. 다 너를 위해서, 라는 엄마의 말을 다시는 의심하지 않겠다고.

❣

어느 나라를 가면 이런 풍경을 볼 수 있을까. 서울에 온 지 한 달이 지났지만 십 대들로 가득한 스타벅스의 밤 풍경은 여전히 생경했다. 지유는 키보드를 두드리던 손을 멈추고 주위를 둘러보았다. 문 닫을 시간이 다 되어 가지만 빈 테이블은 보이지 않았다. 창백한 얼굴로 문제집을 풀거나 인강을 보고 있는 아이들을 물끄러미 바라보았다. 육 년이 지났어도 대치동은 달라진 게 없다는 생각이 들었다. 빼곡한 학원과 가게들 간판이 조금씩 달라진 것을 빼곤 모든 게 예전과 똑같았다.

산소호흡기를 단 채 잠들어 있는 엄마를 보고 돌아오는 날이 계속되었다. 그런 날이면 지유는 집 앞에 새로 생긴 스타벅스에 들러 한참을 앉아 있다 집으로 가곤 했다. 끌로이와 자주 갔던 8번가 모퉁이 스타벅스와 비슷한 크기의 매장이어서 그런지, 그곳에 앉아 있으면 편안했다. 눈을 감으면 끌로이가 시럽과 크림이 잔뜩 들어간 프라푸치노를 홀짝이며 앞에 앉아 있는 것만 같았다. 그러다 눈을 뜨면 자신만 훌쩍 공간 이동을 해서 원치 않은 곳에 버려진 기분이 들었다. 지유는 씁쓸함을 달래듯 커피를 들이켰다.

늘 주문하는 벤티 사이즈 아메리카노지만 오늘따라 커피는 싱거웠다. 지유는 중학교 2학년 때부터 몸에 차곡차곡 쌓아 온 카페인을 생각했다. 기말고사를 망치고 온 날이었다. 그날따라 화가 많이 난 엄마는 분을 이기지 못하겠는지 지유를 혼내다 말고 방으로 들어가 버렸다. 지유는 당황해서 식탁에 놓여 있던 엄마가 마시다 만 커피를 벌컥벌컥 들이켰다. 방으로 들어가 침대에 눕자 가슴이 쿵쾅거리며 뛰기 시작했다. 밤이 깊어도 잠이 오지 않았다. 시야에 들어오는 모든 것이 팽팽해진 상태로 자신을 지켜보는 것 같았다. 처음으로 경험하는 각성의 감각이었다.

그날 밤 지유는 난생처음으로 밤새워 공부했다. 엄마는 새벽에 불이 켜진 딸의 방을 보고 들어왔다 감동한 얼굴로 지유를 힘주어 끌어안았다. 그런 엄마의 반응에 더 감동한 사람은 지유였다. 갑자기 어른이 된 기분이 들었고 뭔가 중요한 걸 깨달은 것만 같았다. 그때부터 지유는 커피를 마셨다. 엄마는 딸이 아무거나 먹고 마시는 걸 용납하지 않았지만, 커피만큼은 예외로 했다. 잠자는 시간을 줄이는 데 효과적이기 때문이었다.

"엄마, 나 자꾸 가슴이 뛰어."

가끔 지유는 말했다. 그러면 엄마는 지유의 머리를 쓰다듬으며 말해 주었다.

"괜찮아."

지유는 괜찮다는 그 말의 다정함에 매료되었다. 덕분에 편안한 마음으로 일찍부터 쓰디쓴 커피 맛을 익혔다. 커피를 물처럼 마시며 쉬지 않고 문제집을 풀고 또 풀었다.

갑자기 주위가 부산스러워지면서 이제 곧 문을 닫는다고 직원이 외치는 소리가 들렸다.

"잠시만요."

옆 테이블에 앉아 있던 여자아이가 자리에서 일어나며 말했다. 아이는 지유 발치에 꽂혀 있던 노트북 전원 케이블을 빼서 가방에 쑤셔 넣었다. 피곤해 보이는 얼굴이 어설프게 그린 눈썹과 진하게 바른 립스틱 때문에 되레 더 어려 보였다. 고등학교 1학년이나 됐을까. 아이가 펼쳐 놓았던 책을 덮자 표지가 보였다. 예전에 지유도 열심히 공부했던 수학 교재였다.

♥

엄마의 입원 소식을 전하는 삼촌의 전화를 받았을 때, 지유는 울고 있었다. 끌로이가 집을 나간 지 꼭 두 주가 되던 날이었다. 끌로이는 지유의 메일과 전화에 일절 답하지 않았다. 친구들 역시 모두 약속이나 한 것처럼 냉랭하게 끌로이의 행방에 대해 함구했다. 그날 밤, 지유는 끌로이의 모든 SNS 계정에서 자신이 차단됐다는 것을 알게 되었다. 지유의 흐느낌은 전화벨이 수십 번 울렸을 즈음에야 잦아들었다. 전화를 받자 삼촌은 방금 입원 수속을 끝냈다며 혹시 우는 거냐고 물었다. 그리고 달래듯이 수술 가능 여부를 알려면 시간이 걸릴 테니까 아직 희망은 있다고 말했다. 일단 귀국하는 게 좋겠다는 그의 말에 지유는 늘 그랬듯 토를 달지 않았다. 전화를 끊자 온몸이 부들부들 떨려왔다. 아직 희망은 있다니. 거꾸로 그 말은 희망을 걸기 어려운 상황이라는 뜻인가. 그건 있을 수 없는 일이었다. 끔찍한 일이었다. 엄마가 없는 삶이란 상상조차 해 본 적이 없었다.

엄마는 항상 말했다. 난 너만 있으면 된다고. 지유는 그 말을 처음 들었던 순간을 지금도 기억했다. 아빠의 장례식을 마치고 엄마와 단둘이 집으로 돌아왔을 때였다. 집은 무거운 적막에 잠겨 있었고, 텅 빈 거실엔 커튼을 뚫고 쏟아지는 무심한 여름 햇볕만 가득했다. 어린 지유는 어딘가 모르게 달라진 집 안의 공기를 느꼈고, 이젠 정말 두 사람만 남겨졌다는 게 실감 났다. 거실에 들어서자마자 엄마는 바람 빠진 풍선 인형처럼 소파에 픽 하고 쓰러졌다. 장례식 내내 엄마의 초점 잃은 눈이 무서웠던 지유는 엄마를 소진해 버린 슬픔과 상실감을 그대로 흡수했다. 미동도 없이 축 늘어진 엄마의 팔다리와 감은 눈을 보자 갑자기 공포가 밀려왔다. 지유는 울음을 터뜨렸다.

"엄마, 죽지 마."

엄마는 몸을 일으켜 세우고 숨이 막힐 정도로 지유를 꽉 껴안았다.

"죽긴. 난 너만 있으면 돼."

그 소리가 절박하게 들렸기 때문이었을까. 그 말은 지유의 가슴속에 깊숙이 박혔다. 지유는 누군가에게 유일한 이가 된다는 것의 간절함을 느꼈고, 엄마를 잃지 않을 거라는 확신에 안도했다. 그때부터 수백 번, 수천 번 같은 말을 들었다. 지유는 엄마가 자신에게 모든 걸 쏟아부었다는 걸 알았고, 그런 엄마가 원하는 딸이 되기 위해 죽도록 애써왔다.

초등학교 때는 엄마의 바람대로 피아니스트가 되고 싶었다. 한동안은 하루가 멀다 하고 콩쿠르에 나갔다. 콩쿠르가 다가오면 항상 같은 악몽에 시달렸다. 무대에 올라 피아노 앞에 앉으면 한 번도 연습하지 않은 악보가 펼쳐져 있는 꿈이었다. 악몽을 꾸지 않으려면 죽도록 연습하는 방법밖엔 없었다. 그렇게 삼 년을 매달리다 피아노 레슨은 영재반 입학 준비로 바뀌었다. 하지만 시험만 다가오면 예전에 그 악몽을 꿀 때 심장이 조여들던 느낌이 어김없이 되살아났다. 엄마는 공부도 피아노 연습할 때처럼 하면 된다고, 피아노를 관둔 아이들 중에 공부를 잘하는 경우가 많다고 했다. 모녀는 미련 없이 앞으로만 나아갔다. 최신형 전자기기를 개비하듯 학기가 끝날 때마다 새로운 과외선생님을 모셨고, 누구보다도 선행학습에 충실했다.

엄마는 지유의 가장 친한 친구이자 파트너였다. 유학을 와서도 하루의 일과를, 그날 먹은 점심 메뉴를, 수업별 진도를, 학업의 어려움을 시시콜콜 엄마와 공유했다. 적어도 집에 있는 동안은 늘 켜 놓는 페이스타임으로 함께했다. 언젠가 지유는 유학 초기에 엄마가 매일 밤 페이스타임으로 자기가 잠드는 걸 확인했다고 끌로이에게 말한 적이 있다. 끌로이는 기겁했다. 지유는 끌로이가 아닌 누구라도 당시 힘들었던 자신의 상황을 이해할 수는 없을 거라고 생각했다. 끌로이를 더 일찍 만났더라면 혼자 전전긍긍했던 시간을 줄일 수 있었을지도 모른다. 끌로이가 룸메이트가 된 후로 지유는 든든한 지원군이자 미국이라는 과목을 가르쳐 주는 과외선생님이 생긴 기분이었다. 뉴욕은 더는 맘 둘 곳 없는 낯선 도시가 아니었다. 아니 이렇게만 살 수 있다면 평생 여기서 살아도 좋겠다는 생각이 들 정도였다.

끌로이를 보고 있으면 엄마의 마음을 이해할 수 있을 것 같았다.

'난 너만 있으면 돼.'

바로 그 마음을.

❣

한동안 지유는 학교에서 돌아오면 거실에 쭈그리고 앉아 도미노 블록을 쌓는 데 정신이 팔려 있는 엄마를 볼 때가 많았다. 그럴 때 지유의 눈에 비친 엄마의 모습은 뭐라고 설명하기 힘들 정도로 그로테스크했고, 지유는 잘 안다고 생각하는 사람의 어두운 이면을 목격하는 기분이 들곤 했다. 도미노 작업을 할 땐 가까이 오지 못하게 하는 것도 마음에 들지 않았다. 그러니까 그 시간은 엄마가 지유와 유일하게 거리를 두는 시간이었다.

실익만 따지자면 이 세상엔 쓸데없어 보이는 일들이 허다하지만, 지유의 눈에 도미노 게임은 그중에서도 특히 이해할 수 없는 종류의 유희 같았다. 왜 저렇게 쓸데없는 데 에너지와 시간을 쓰는 걸까. 지유는 궁금했다. 혹시 엄마는 삶이 견딜 수 없을 정도로 무료한 걸까.

그때는 몰랐다. 엄마에게 도미노 게임은 삶의 무료함이 아니라 삶 그 자체를 견디는 방법이었다는 것을. 아빠가 죽은 후로 교회에 발을 끊은 그녀에게 그건 성경을 필사하거나 새벽기도를 가는 것과 비슷한 행위였으리라.

그때까지 지유가 아는 엄마는 딸을 제외하곤 관심 있는 게 별로 없는 사람이었다. 대학 때 피아노를 전공했지만 딸이 피아노를 그만둔 후로는 자신도 거실에 있는 그랜드 피아노의 건반 뚜껑을 열어 보는 법이 없었다. 일이라고는 남편이 살아 있을 때 소일 삼아 운영했던 꽃가게가 유일했지

만, 그것도 일 년 남짓한 시간을 겨우 버티고 헐값에 넘겨
버렸다. 꽃을 좋아하는 것과 새벽시장에 가고 직원을 관리
하고 손님을 상대하는 일은 별개임을 비싼 수업료를 치르
고 배운 셈이었다. 그 후론 돈을 벌기 위한 일은 굳이 하지
말자는 쪽으로 마음을 굳혔다. 그리고 건강이 나빠지면서
그럴 수밖에 없게 되었다. 엄마의 부업은 할아버지에게 물
려받은 건물들을 관리하는 일이었고, 주업은 지유였다. 그
러다 우연히 시작한 도미노 게임에 전에 없던 열정을 보이
며 빠져들었다.

언젠가 지유는 물었다.

"엄마는 그게 재밌어?"

그러자 도미노 예찬론자가 할 법한 대답이 돌아왔다.

"창의성, 집중력, 인내심을 키우는 데 이만한 게임은 없
지."

지유는 그건 엄마가 아니라 자기에게 필요한 자질이 아
닌가 싶었지만 별말은 하지 않았다. 그렇게 좋은 게임을
지유에게 권하지 않는 건 공부할 시간을 뺏기는 걸 원치 않
기 때문일 테니까.

어쨌든 지유는 도미노 게임이 싫었다. 아니 무서웠다.
한 개의 도미노가 쓰러지면 차례로 그다음 또 그다음, 순

식간에 꼬리를 물며 무너지는 모습을 보면 도미노가 살아 있는 생물처럼 느껴졌다. 특히 첫 번째 도미노를 쓰러뜨리는 순간을 똑바로 보지 못했다. 그 순간이 되면 엄마의 팔을 꽉 움켜잡으며 고개를 숙였고, 엄마는 뭐가 무섭냐며 깔깔 웃곤 했다.

오랫동안 지유는 도미노 게임이 혼자서만 할 수 있는 게임인 줄 알았다. 아니라 하더라도 엄마가 다른 사람들과 함께하는 일은 없었겠지만 말이다. 처음엔 거실에 도미노로 만든 길쭉한 라인이 수도 없이 세워졌다 무너졌다. 시간이 지나면서 도미노 모양은 커브, 들판, 타워 등 다양해졌고, 나중에는 거실 한복판에 길고 긴 똬리를 튼 모양으로 기찻길이 세워졌다. 둘이 살기에 휑해 보일 정도로 넓었던 거실이 나중에는 점점 규모가 커지는 도미노 때문에 비좁아 보일 정도가 되었다. 처음에는 안락의자가 치워졌고, 다음에는 그랜드 피아노가 주방과 거실을 잇는 통로 가까이 옮겨졌다.

엄마가 새로 나온 도미노 게임 세트를 열심히 사 모으기 시작한 것도 그즈음이었다. 나중에는 현관 옆 작은 방을 비워 도미노 세트만 쌓아 놓는 지경이 되었다. 도우미 아주머니는 그 방을 도미노 방이라고 불렀고, 엄마는 그 방은

따로 말하지 않는 한 치우지 말라고 당부했다.

❤

첫 번째 콩쿠르에 나갈 때까지 지유의 피아노 선생님은
엄마였다. 바흐의 평균율은 지유가 엄마의 지도로 가장 많
이 연습한 곡이었다. 지금도 그때를 떠올리면 또렷하게 기
억나는 한마디가 있다.

"백 번 알지?"

엄마는 테크닉의 연마가 연주자가 갖추어야 할 기본이
라고 믿었고, 성에 차지 않는 부분이 나올 때마다 백 번을
반복해 연습하게 했다. 때로는 한 마디만, 때로는 왼손만,
때로는 오른손만. 그렇게 옆에서 노트에 적어 가며 백 번을
센 다음엔 기대에 찬 목소리로 말했다. 자, 이제 한번 제대
로 쳐 보자고. 지유는 백 번 알지 소리가 다시 나오지 않으
면 엄마가 흡족해한다는 걸 알았다.

"피아노는 너를 잘 알아. 네 머리 꼭대기에서 너를 내려
다보고 있지. 기본이 안 되어 있으면 너는 피아노와 싸울
수가 없어. 피아노에게 휘둘려서 네 의지대로 할 수가 없다
고."

지유는 엄마가 테크닉의 신봉자라고 생각했지만 피아노를 그만두고 시간이 꽤 지나고서야 오히려 그 반대였다는 걸 알게 되었다. 엄마는 자신이 도달하지 못했던 테크닉의 그다음 단계, 그러니까 완벽한 테크닉에 자신만의 음악적 색깔을 입히는 걸 지유가 해내길 소망했다고 고백했다. 지독한 연습광이었던 엄마는 과거 콩쿠르에 나갈 때마다 기교는 뛰어나지만 자신만의 색깔이 부족하다는 일관된 심사평에 좌절했다고 했다. 그래서 더 연습에 매달렸지만, 대학 사 학년 때 왼쪽 네 번째 손가락에 이상이 생기면서 결국 피아니스트의 꿈을 접어야 했다.

지유에게 피아노를 그만두게 하면서 엄마는 말했다.

"이제 그만하자. 내가 못 했던 걸, 네가 꼭 할 필요는 없어. 이건 연습만으로 되는 게 아니니까. 피가 뜨거워야 하는데, 우린 그렇게 타고 나질 않았어. 좌절에 강한 내성만 타고났지."

지유는 피가 뜨겁다는 게 무슨 뜻인지 잘 이해가 가지 않았지만, 어쨌든 평범한 수준에 만족해서는 안 된다는 의미로 받아들였다. 피아노를 친다는 건 까마득한 높이의 울타리 속에 자신을 가둬 두고 쉼 없이 스스로를 채찍질하며 소리로 공간을 채워 나가는 작업이었다. 지유는 그 공간을 채우는 데 급급했고 아무리 채워도 그게 온전한 모양으로 채워진 건지 가늠이 되지 않았다. 각각의 음이 품고 있는 색깔, 형태, 뉘앙스, 강약을 헤아려 두 손으로 그것을 표현한다는 것은 영원히 완성되지 못할 숙제를 하는 것이나 마찬가지였다. 그래서 피아노보다는 공부가 나았다. 특히 오지선다 형식으로 명확한 정답이 있는 시험이 좋았다. 그건 그중에서 열심히 정답만 찾으면 됐으니까.

❥

지유가 고등학교 1학년 때였다. 유달리 빨리 찾아온 그해 겨울은 폭설과 한파가 잦았다. 눈을 흠뻑 맞고 학교에서 돌아온 어느 날, 지유가 현관문을 열자 입구엔 박스가 산더미처럼 쌓여 있었다.

"이게 다 뭐야?"

지유는 엄마가 지어 보이는 의미심장한 웃음이 왠지 마음에 들지 않았다.

"이번엔 뭘 만들지 아니? 피라미드! 3D 작업이라 난이도가 엄청 높아. 이걸 완성하면 올 한 해가 근사하게 마무리되는 거지."

그날부터 엄마는 한 가지 목표밖에 없는 사람이 된 것 같았다. 전날 밤과 똑같은 잠옷 바람으로 도미노를 쌓고 있는 걸 지유가 목격한 아침도 여러 번이었다. 피라미드는 바닥에 삼각형 토대를 만든 후 주위를 넓혀 가는 방식으로 쌓였는데, 가끔 엄마는 지유의 성적표를 볼 때처럼 한숨을 내쉬곤 했다. 한번은 학교에서 돌아오니 아침까지만 해도 무릎 높이까지 올라와 있었던 도미노가 엉망이 되어 있었다. 엄마는 심각한 얼굴로 혼잣말을 했다.

"거기서 잘못된 거야. 그때 알았어야 했는데……."

이제 피라미드 쌓기는 엄마의 의지를 시험하는 일이 되어 버린 듯했다. 엄마는 무섭게 집중했고 끈질기게 매달렸다. 지금까지 했던 작업 중 시간도 가장 오래 걸리는 것 같았다. 지유가 학원 숙제를 했는지, 모의고사 날짜는 나왔는지조차 챙기지 않을 정도였다.

그러던 어느 날 밤이었다. 지유는 방에서 공부하다 말고 밖으로 나가 엄마를 불렀다. 소파에서 잠이 든 엄마는 대답이 없었다. 다가가 곤히 잠든 엄마의 얼굴을 보고 있자니 이상하게 안쓰러워 눈물이 날 것 같았다. 지유는 속으로 말했다. '엄마, 나도 엄마만 있으면 돼.'

거실 한복판엔 알록달록한 도미노들이 거대한 삼각형

모양으로 지유의 허리께까지 높아져 있었다. 피라미드는 이제 완성의 고지에 가까워진 듯했다. 지유는 자리에서 일어나 천천히 주위를 돌면서 수천의 도미노가 만들어 낸 입체를 감상했다. 자로 잰 듯 오차 없이 일정한 간격으로 줄지어 서 있는 도미노를 보자 숨이 막혔다. 동시에 지금은 극도의 평정을 유지하고 있는 이 형체가 앞으로 선보일 드라마틱한 운동성을 생각하자 소름이 끼쳤다. 지유는 뚫어지게 도미노를 바라보다 가만히 검지를 눈앞에 있는 붉은색 도미노 가까이 가져갔다. 살짝 대는 시늉만 했다고 생각했지만 갑자기 탁, 하며 시작된 경쾌한 소리는 타다다다닥 소리로 이어졌다. 순식간이었다. 그 많은 도미노는 줄줄이 제 몸을 무너뜨리며 바닥에 쓰러진 잔해로 돌변했다. 엄마가 소파에서 벌떡 몸을 일으킨 건 그때였다.

"아아아!"

극도로 히스테릭한 비명이 뻗쳐 나왔다. 지유는 숨이 멎는 것만 같았다. 다시 비명이 이어졌다. 이번에는 두 손으로 귀를 가린 채 사정없이 얼굴을 찡그리며 질러대는 비명이었다. 엄마는 비명으로는 성이 차지 않는지 거칠게 숨을 몰아쉬며 바닥에 풀썩 앉더니 분풀이하듯 두 손으로 바닥에 있는 도미노를 마구 헤쳤다. 도미노가 사방으로 튀었다. 그렇게 성난 엄마의 모습은 처음이라, 지유는 얼어붙은 채 서서 눈물만 뚝뚝 떨어뜨렸다. 그때처럼 엄마가 무서웠던 적은 없었다. 차라리 엄마가 자기를 마구 혼냈으면, 똑바로 보면서 뭐라도 한마디 했으면 싶었지만, 끝까지 딸의 얼굴을 외면했다. 한참이 지나서야 엄마는 평정을 되찾고 짧게 말했다.

"들어가 공부해."

다음 날 아침 지유가 일어났을 때 거실은 깨끗하게 치워져 있었다. 엄마는 아무 일도 없었다는 듯 아침을 차려 주고 그날의 학원 일정과 과외 시간을 확인했다.

며칠 뒤 피라미드 쌓기는 다시 시작되었다. 지유는 도미노 근처에는 얼씬도 하지 않았다. 근처에만 가도 깨금발로 걸을 정도였다. 그해는 크리스마스트리가 세워지지 않았고, 대신 조금씩 형태를 갖추며 부피를 불려 간 피라미드가 음력설이 지나 완성되었다. 지유는 엄마가 근래 볼 수 없었던 기분 좋은 얼굴인 게 제일 반가웠다.

그날 밤 엄마는 와인을 마시며 미술품을 감상하듯 오랫동안 피라미드를 바라보았다. 딸의 공부에 방해될까 봐 음악을 틀지 않는 그녀였지만 그날은 저녁 내내 쇼팽의 곡이 흘렀다.

"지유야, 나와 볼래?"

지유를 부르는 엄마의 다정한 목소리가 들렸다. 지유는 풀고 있던 문제집과 연필을 그대로 들고 거실로 나갔다.

"자, 이제 쓰러뜨려 봐."

지유는 어안이 벙벙한 얼굴로 도미노와 엄마를 번갈아 쳐다보았다.

"어서."

지유는 고개를 가로저었다.

"싫어. 무서워."

"무섭긴."

엄마는 옅은 미소를 지으며 말했다.

"도미노의 완성은 잘 쓰러뜨리는 데 있어. 처음부터 끝까지 완벽하게 쓰러져야만 성공인 거야. 그래야 다시 시작할 수 있으니까. 그래서 지난번 같은 실수가 가장 바보 같은 짓이야. 알겠니?"

지유는 가만히 고개를 끄덕였다.

"첫 번째 도미노를 쓰러뜨리는 찰나는 짜릿하지. 하지만 도미노의 진정한 쾌감은 마지막 도미노까지 한순간에 무너져 버리는 그 정교한 연쇄반응을 보는 거야. 그걸 느껴 봐."

엄마는 이어 말했다.

"잘 쓰러뜨리기 위해서는 단 한 개도 흐트러짐 없이 정확하게 세우는 게 핵심이야. 안 그러면 중간에 실패한 게임이 되거든. 어서."

이어지는 재촉에 지유는 부들부들 떨리는 손가락을 엄마가 가리킨 도미노 조각에 조심스레 갖다 댔다. 타다다다닥 하는 소리가 터져 나오는 순간, 지유는 눈을 꼭 감았다. 소리가 멈춘 뒤 눈을 떴을 때 지유는 황홀함으로 번져 있는 엄마의 얼굴을 보았다.

"명심해, 지유야. 처음과 끝은 연결되어 있어. 처음은 끝이고, 한 개는 전부나 마찬가지야."

❣

자정이 다 되도록 엄마는 무너진 도미노 잔해를 바라보며 와인 한 병을 다 비웠다. 지유는 식탁에 앉아 문제집을 풀었다. 연필이 종이에 닿으며 내는 사각거리는 소리, 이따금 와인이 잔에 따라지는 소리만이 정적을 깨는 고요한 밤이었다.

"지유야, 아빠 보고 싶니?"

"음……. 몰라."

"왜?"

"기억이 별로 없어서."

지유는 엄마가 또 아빠가 생전에 가족과 시간을 거의 보내지 않았음을 떠올리고 씁쓸해하리라는 걸 알았다. 이제 엄마는 아빠 얘기를 거의 꺼내지 않지만, 예전에는 그를 추억할 때면 항상 하던 얘기가 있었다. 아빠는 '지나치게'라는 수식어가 가장 어울렸던 사람이었다고. 그러니까 지나치게 승부욕이 강했고, 지나치게 욕심도 많았으며, 지나치게 일도 많았던 사람이었다고 말이다. 엄마는 아빠가 한 번도 딸의 기저귀를 갈아 주거나 쓰레기를 버려 준 적은 없지만 항상 자랑스러운 남편이었다고 했다. 아빠는 삼촌의 친구이자 법대 동기였다.

하지만 지유가 기억하는 아빠는 지기 싫어하는 사람이었다. 언젠가 유치원에서 지유가 한 남자애에게 맞고 왔을 때, 아빠는 눈물이 글썽글썽한 딸의 말랑하고 가녀린 팔을 쥐어 잡고 힘주어 말했다. "무조건 싸워서 이겨야 해. 울려면 이기고 나서 울어." 지유는 그렇게 말하는 아빠의 표정이 무서워서 울음을 터뜨리고 말았다.

지유가 그때의 기억을 꺼내자 엄마는 맞다고, 아빠는 세상에서 지는 걸 제일 싫어하는 사람이었다고 말했다. 그는 거짓말을 밥 먹듯 하는 의뢰인을 상대하고, 윤리적으로 애매한 사건의 변호를 맡고, 판결에 불만을 품은 형사 사건 피고인에게 위협을 받아도 재판에 지는 것만큼 힘들어하진 않았다고 했다. 그만큼 이겨야 한다는 강박이 심했고, 중요한 재판에 지는 날에는 어김없이 분풀이라도 하듯 폭음을 했다. 그런 그를 이해할 수밖에 없었다고, 그러니까 폭음하는 습관은 남편의 유일한 결점으로 치부했다고 엄마는 말했다.

"아빠가 교통사고로 죽었다고 알고 있지? 틀린 말은 아니야. 하지만 정확한 얘기를 해 주자면 그건 아빠가 낸 사고였어. 음주운전이었지. 비가 엄청나게 쏟아지던 밤이었어. 경찰 조사에서 술집 주인은 아빠가 대리기사가 왔다고 말하고 키를 받아서 나갔다고 진술했어. 자정이 넘었으니까 발렛 주차원은 이미 퇴근하고 없을 시간이었지. 아빠가 진짜로 대리기사를 불렀는데 오질 않아서 할 수 없이 운전대를 잡은 건지, 아니면 비도 오고 집까지 차로 10분도 안 되는 거리니까 그냥 차를 몬 건지, 아직도 정확히 뭐가 맞는지는 몰라."

처음 듣는 얘기였다. 지유는 실수로 도미노를 쓰러뜨렸을 때처럼 가슴이 쿵 내려앉는 것 같았다. 무거운 침묵이 흘렀다.

"어쨌든 진실은 그날 밤 아빠는 사고를 냈고 우리를 허무하게 떠났다는 거야. 아무 잘못 없는 상대편 운전자를 평생 휠체어 신세를 지게 만들어 놓고. 이게 용서라는 게 가당키나 한 일이니? 내 나이대 여자였어. 아이가 둘이나 있는."

엄마는 와인잔에 남아 있던 술을 모두 들이켰다.

"수백 번, 수천 번 생각했어. 뭐가 잘못된 걸까. 그날 재판에서 진 게? 폭음하는 습관을 내가 방관한 게? 아니면 애초에 네 아빠랑 결혼한 게? 내가 내린 결론이 뭔지 아니? 인생은 원래 그렇게 아찔하고 위험천만한 순간으로 가득하다는 거야. 한순간에 모든 게 수포가 될 가능성을 안고 사는 거지. 아빠가 안일한 생각으로 운전대를 잡고 차에 시동을 걸 때까지 몇 초나 걸렸을까. 그 몇 초가 모든 걸 바꿔 놓은 거야. 그래서 실수하지 않는 게 중요해. 애초부터 위험을 자초할 수 있는 일은 절대 해서는 안 돼. 네 아빠는 모든 걸 가질 수도 있었어. 그렇게 이기고 싶어 했는데, 이길 수 있었는데, 허무하게 지고 만 거야. 바보같이……."

지유는 눈물을 글썽이며 조심스레 물었다.

"난 아빠랑 닮았어?"

"아니. 다행히 너는 나를 닮았어. 겁이 많아. 우리 딸은 착한 아이야."

두 사람은 오랫동안 포옹을 풀지 않았다.

❣

지유는 병원에 있는 카페에서 삼촌을 기다리고 있었다. 처음부터 의사와의 면담을 직접 챙겨 온 그는 오늘 병원에 가니까 끝나면 잠깐 보자고 미리 문자를 보내 왔다. 그는 평소처럼 완벽한 정장 차림으로 나타났다. 빳빳하게 다려진 버튼다운 셔츠 소매에는 커프스링크, 왼쪽 주머니에는 행커치프까지 한 모습이었다. 지유는 그의 날카로운 눈매와 얇은 입술을 보며 엄마 얼굴을 떠올리지 않을 수 없었다. 세월이 갈수록 남매는 점점 더 닮아 가고 있었다.

"승산이 없더라도 수술해 보기로 했다. 환자가 견뎌 줄 수 있을까가 문젠데. 그래도 끝까지 해 볼 건 다 해 봐야지."

"네."

"그래서 너는 어떻게 할 거니?"

"뭘요?"

"학교 말이야. 계획이 뭐냐고."

"모르겠어요. 휴학할지 말지."

"휴학이 문제가 아니라, 앞으로 뭘 할지를 묻는 거야."

"논문을 써야 해요. 졸업하려면."

"논문이야 쓰면 되는 거고. 내 말은 공부를 더 할 건지, 그게 아니고 취업을 할 거면 어떻게 방향을 잡고 있는지, 학교 마치면 한국으로 곧장 돌아올 건지, 그런 거 말이다. 만에 하나 엄마가 잘못되면 이제 네가 맡아서 해결해야 할 일이 산더미야. 지금 건물 세입자랑 붙어 있는 소송 건도 그렇고, 세무서랑 싸워야 할 일도 그렇고. 너 정신 똑바로 차려야 해."

"……."

"언제까지 내가 너희 집 치다꺼리를 다 해 줄 순 없어."

지유는 그가 혼자가 된 여동생에게 각별한 책임감을 느끼며 그동안 애써 왔다는 걸 잘 알았다. 하지만 그러는 만큼 지유만 보면 잔소리를 했다. 엄마는 오빠를 유일한 버팀목으로 여기며 의지했기에 지유는 한 번도 삼촌에 대한 반감을 드러내지 못했다. 지유는 그가 말로는 너희 집 치다꺼리를 계속 해 줄 순 없다고 하지만, 그러지 않으면 오히려 자신이 더 못 견뎌 하리라는 걸 알았다. 삼촌의 시선이 지유의 손톱에 한참 머물렀다. 그가 빨간 매니큐어가 칠해진 손톱을 얼마나 싫어하는지 잘 알기에 지유는 삼촌의 침묵이 몹시 불편했다. 그는 일요일에 또 오겠다는 말과 함께 자리에서 일어났다.

짧은 대화였지만 지유는 삼촌의 말이 질책처럼 느껴져 그가 떠난 후에도 마음이 무거웠다. 사실 서울로 돌아온 후 지유는 하릴없이 시간만 죽이고 있었다. 막상 돌아와 보니 서울은 뉴욕에서 그리워했던 곳이 아니었다. 봐도 별 감흥 없는 옛날 사진 같았다. 만나고 싶은 친구도 없었다. 앞으로 여기서 살 수 있을까 자주 막막한 기분이 들었고, 머릿속에는 끌로이와 함께한 기억들이 엉겨 붙다 흩어지기를 반복했다. 터벅터벅 거리를 걷다 보면 어느새 지유는 끌로이와 소호의 골목길을 나란히 걷고 있었다. 그럴 때마다 여기는 낮이고, 끌로이가 있는 곳은 밤이라고 자신을 나무랐지만, 지금 발을 딛고 있는 땅이 뉴욕이 아니라 서울이라는 게 낙담스러울 뿐이었다. 괘종시계 추가 좌우로 흔들림을 반복하듯 지유의 의식은 끊임없이 뉴욕과 서울을 오갔다. 그러다 걷잡을 수 없을 정도로 마음이 허공을 떠돌면 애써 엄마가 병원에 누워 있는 현실을 상기해야 했다.

매일 지유의 일과는 비슷했다. 창문 밖 어둠이 희붐한

새벽빛에 묽어지기 시작하면 잠을 청했고 정오가 돼서야 일어났다. 오후에는 일부러 빙빙 도는 노선의 버스를 타고 병원으로 가서 엄마가 잠든 침대맡에 얼굴을 파묻고 있다가 집으로 돌아왔다. 종일 입을 뗄 일도 거의 없었고, 붙잡고 이야기를 나눌 만한 사람도 없었다. 집에 돌아오면 인터넷을 헤매고 다니는 것 외에는 아무것도 집중하지 못했다. 논문 준비는 엄두도 못 냈다.

　　다만 밤마다 일기를 쓰듯 끌로이에게 메일을 썼다. 여전히 답은 없었지만, 어차피 묵묵히 기다리면서 메일을 보내자고 마음먹은 일이었다. 마지막에 도달하는 문장은 늘 네가 보고 싶다는 말이었지만 글로 옮기지는 못했다. 메일은 달랑 몇 줄일 때도, 끝도 없이 길어질 때도 있었지만, 오늘 하루가 어땠는지 적다 보면 오늘은 늘 어제와 다를 게 없는 하루였다. 서울에서의 일상은 그렇게 계속될 것만 같았다. 그 애를 만나기 전까지 지유는 자신의 예감을 의심하지 않았다.

❣

　　오늘 너랑 닮은 한국 사람을 봤어. 홍대라는 동네의 주차장 골목을 지나던 길이었는데, 편의점에서 나오는 어느 여자애를 본 순간 얼마나 놀랐는지 몰라. 끌로이 너도 보면 놀랄걸? 담배를 사서 나온 것 같았는데, 담배를 하나 꺼내 물고 불을 붙이더니 누군가와 한참 통화를 했어. 중간중간 깔깔거리며 웃는데, 그 모습도 어찌나 너를 떠올리게 하던지. 그 애는 계속 통화를 하면서 걷기 시작했어. 나도 모르게 그 애를 따라갔어. 담배 한 대를 다 피웠을 즈음, 그 애는 어느 가게 앞에 멈춰 서더니 안으로 쏙 들어가 버렸지. 신기루처럼 사라져 버린 그 애의 잔영을 눈으로 더듬는데, 우리가 처음 만났을 때 급하게 자리를 뜨던 너의 뒷모습이 겹쳐져 떠올랐어. 그때의 설렘과 아쉬움도 함께. 나는 허망한 마음으로 문 앞에서 한참을 서성이다 발걸음을 되돌렸어. 돌아오는 길 내내, 너에게로 향하는 내 마음은 한없이 가라앉았지. 우리는 어디서부터 잘못된 걸까. 그날 우리가 B-플랫에 가지 않았더라면 모든 건 달라졌을까…….

서울에 돌아온 지 벌써 두 달이 되어 간다. 넌 잘 지내는 거지?

3

노빅딜

끌로이는 재즈를 좋아했다. 친하게 지내는 친구들 중에
도 재즈광이 여럿 되었는데, 당시 그들은 매주 재즈바를 찾
는 데 한창 재미를 붙인 상태였다. 지유는 끌로이가 어울
리는 그 친구들―특히 얼굴과 귀에 수십 군데 피어싱을 한
음대생과 밥 먹을 때마다 말이 많아지는 프루테리언―이
마음에 들지 않았지만, 어쨌든 그들을 만나러 가는 날이면
함께 집을 나섰다.

생각해 보면 그날 B-플랫은 평소와 몇 가지 다른 점이
있었다. 입구에서 늘 윙크를 날리며 그들을 맞아 주던 뚱
뚱한 흑인 직원이 없었고, 그들끼리 '52번가의 왕자'라는
별명으로 부르는 바텐더도 비번이라고 했다. 평상시보다

손님도 없었다. 무대에는 처음 보는 밴드가 공연하고 있었는데, 잘생긴 트럼펫 주자가 유독 눈길을 끌었다. 모두의 시선이 그에게 쏠리는 가운데 하나둘씩 그에 대해 호기심을 드러내자, 한 친구가 그를 도마에 올려놓고 짓궂은 농담을 하기 시작했다.

"아, 내가 저 트럼펫이 돼서 그의 입술과 손끝을 느낄 수 있다면 소원이 없겠다."

"야, 저 가슴팍 보여? 뉴욕 시는 저런 남자들이 셔츠 벗고 다니면 세금 감면해 줘야 돼."

다들 "그만 좀!" 하면서도 농담의 수위가 높아질 때마다 까르르 웃음을 터뜨렸다.

지유는 그 남자가 만들어 놓은 달뜬 분위기를 의식하며 공연에 집중하려고 애썼다. 몇 곡이 끝나고 트럼펫 솔로가 시작되자, 옆에서 끌로이가 '하아' 깊은숨을 내쉬는 소리가 들렸다. 지유는 좌우로 시선을 돌려 다른 친구들의 표정을 살폈다. 모두 홀린 듯 남자를 주시하고 있었다. 곡이 끝나자 프루테리언은 연신 휘파람을 불어댔다. 끌로이가 지유의 귀에 대고 속삭였다.

"세상에, 내가 여태까지 들은 중에 최고의 콘 알마(Con Alma)야."

"최고의 뭐?"

지유가 되물었지만 다시 연주가 시작되었다. 밴드의 연주는 청중의 호응에 탄력을 받은 듯 점점 고조되었고 자주 박수 소리를 끌어냈다. 공연은 환호 속에 끝이 났다. 친구들은 그사이 취기가 올랐는지 연주 중간에 트럼펫 주자가 날린 윙크가 자신을 향한 거였다고 우겨댔다. 그러자 한 친구가 내기를 제안했다.

"저 남자 휴대폰 번호 따는 사람은 오늘 술값 안 내는 거다, 어때?"

모두 손뼉을 쳤다. 맨 먼저 호기롭게 자리에서 일어난 사람은 끌로이였다. 잔뜩 장난기가 오른 얼굴은 이 상황을 몹시 재미있어한다는 뜻이었다. 끌로이가 걸치고 있던 카디건을 벗자 안에 입은 목선이 깊이 파인 검은색 저지 탑이 선명한 쇄골과 가슴골을 드러냈다. 그날따라 새빨갛게 칠한 입술이 도발적으로 보였다. 끌로이는 친구들에게 윙크를 날리고는 호리호리한 몸을 과장되게 흔들며 무대 뒤로 가는 통로로 사라졌다.

잠시 후 끌로이는 낙담한 얼굴로 자리로 돌아왔다. 난생처음 남자의 번호를 얻는 데 실패했다고 했다. "왜?" "말도 안 돼" 하는 반응이 이어졌다.

'믿기지 않겠지만' 이라고 운을 뗀 끌로이가 말했다.

"휴대폰이 없대."

뭐?, 라는 말과 함께 다들 어이가 없다는 표정을 짓자 그제야 끌로이는 활짝 웃으며 말했다.

"조금 이따 우리 테이블로 오겠대!"

모두가 일제히 소리를 질렀다. 잠시 후 그가 보냈다는 술 한 병이 테이블에 놓였다. 일행은 신이 나서 아까보다 더 큰 소리로 술잔을 부딪쳤다.

❣

언젠가 지유는 끌로이에게 재즈를 왜 좋아하냐고 물은 적이 있다. 내색한 적은 없지만, 지유는 수수께끼처럼 들리는 재즈 음악이 한 번도 좋다고 느낀 적 없었다. 지유의 귀에 재즈는 도무지 규칙이라곤 없는 음악이었다. 다른 악기들이 멋대로 끼어들어 열을 올리다가 엉뚱한 데로 튀어 버리고, 그런데도 그런 건 상관없다는 듯이 각자 제멋에 겨워 연주하는 나른한 음악이랄까.

"글쎄, 이유는 생각해 본 적 없는데, 매번 새로워서 좋은 것 같아. 어떤 곡이든 연주할 때마다 조금씩 달라지면서 특별한 무언가가 생기니까. 예측불허의 묘미랄까. 아무튼 연주를 따라가다 보면 나도 자유로워지는 걸 느껴."

하지만 매번 달라지는 연주라면 연주자 입장에선 악몽 아닌가? 지유는 생각했다. 유기적으로 연결된 악구가 반복되고 중첩되고 변화하면서 만들어지는 유려한 음의 세계. 그게 지유에게 익숙한 음악이었다. 다양한 악상 기호가 세밀하게 기보된 악보는 예측불허를 허락하지 않았고, 지유는 그 속에서 여전히 살아 있는 위대한 작곡가들의 엄중한 목소리를 들으며 안도할 수 있었다. 어둡고 몽롱한 열기로 가득한 바, 그리고 무대 위에서 흐느적거리는 뮤지션은 결코 지유 취향이 아니었다.

한참이 지나자 모두가 기다리던 트럼펫 주자가 드디어 모습을 드러냈다. 그는 가뿐한 동작으로 의자 하나를 끌어와 그들 사이를 비집고 앉았다. 셔츠는 단추가 서너 개쯤 풀려 있었고 훤히 드러난 단단한 가슴팍은 땀으로 번들거렸다. 가까이에서 보는 그는 무대에서만큼 젊어 보이진 않았다. 하지만 눈이 무척 순해 보였고, 눈에 띄게 느긋한 분위기를 지니고 있었다. 서먹함과 호기심이 뒤섞인 표정으로 한 명씩 차례로 그와 인사를 나누었다. 프루테리언이 물었다.

"아까 기억하죠? 공연 중간에 당신이 우리 쪽을 보고 윙크했던 거. 우리 중 누구한테 윙크한 건지 말해 줄래요?"

그러자 그는 곤란한 표정이 되었다.

"음…… 당신들은 아니었어요."

일제히 우, 하고 과장된 비아냥이 터져 나오자 그는 유쾌하게 웃었다. 끌로이가 물었다.

"그러면 누구였는데요?"

그는 비밀이라며 눈을 찡긋했다.

애초에 내기를 제안했던 친구가 마지막으로 연주한 곡의 제목을 물었다.

"멘도. 마이 네임 이즈 멘도."

끌로이를 쳐다보며 그가 수줍게 대답했다. 뚱딴지 같은 대답에 다들 킥킥거렸지만, 그와 눈이 마주친 끌로이만은 곧장 시선을 내리깔고 입가에 알 듯 말 듯한 미소를 지었다. 지유가 한 번도 본 적 없는 표정이었다. 그는 끌로이에게서 계속 눈을 떼지 못하고 있었다. 지유도 두 사람에게서 눈을 뗄 수가 없었다. 서로를 의식하지만 똑바로 눈을 맞추지 못하는 그 둘 사이의 묘한 기류가 느껴지자 지유는 갑자기 자신이 제삼자로 밀려난 것 같은 기분이 들었다. 이제 두 사람은 정지화면처럼 서로를 뚫어질 듯 응시하고 있었다. 그 시간이 길어지자 이상한 두려움이 지유의 온몸을 훑고 지나갔다. 사방에서 들려오는 왁자지껄한 소음이 귀에 왕왕대는 가운데 지유의 머릿속은 날벌레들로 어지럽게 들끓기 시작했다. 도대체 이 날 선 낯선 감정은 뭘까. 그 감정이 남자를 향한 것인지 끌로이를 향한 것인지 아니면 자신을 향한 것인지조차 알 수 없었다. 지유는 진정하려고 애쓰며 최대한 자연스럽게 "이봐요, 멘도" 하고 그를 불렀다.

"당신은 왜 휴대폰이 없나요?"

"아직은 때가 아니에요."

웃으며 그가 대답했다. 무슨 뜻이냐고 되물었지만, 지유의 목소리는 다른 친구가 큰 소리로 이어 던진 질문에 묻혀 버렸다.

멘도는 쿠바 출신으로 마이애미에서 뉴욕으로 온 지 얼마 안 되었다고 자신을 소개했다. 그는 자신에게 쏟아지는 젊은 여자들의 호기심 어린 질문이 재미있는지 어설픈 영어로 대답을 이어 갔다. 우리는 쿠바에서부터 같이 연주한 친구들이다. 마이애미에 있는 클럽에서 일 년을 일하고 뉴욕으로 온 지는 몇 주 되지 않았다. 원래 퀸텟으로 활동했는데,

색소폰을 부는 친구에게 여자친구가 생기는 바람에 결국 그는 마이애미에 남고 우리 넷만 뉴욕으로 왔다. 결혼한 적은 없다. 아바나에는 어머니가 돌봐 주는 어린 딸이 있다.

그의 어눌한 영어에 집중하려고 애썼지만, 지유는 앞뒤가 안 맞는 말에 어느 순간 이야기의 흐름을 놓쳐 버렸다. 갑자기 짜증이 올라왔다. 결혼한 적이 없는데 딸이 있다는 건 도대체 무슨 말인가. 아직은 때가 아니라서 휴대폰이 없다던 아까의 말도 생각해 보니 알쏭달쏭하기는 마찬가지였다. 게다가 저 태평스러운 미소는 뭔가. 지유는 조금의 의구심도 없어 보이는 그의 얼굴, 특히 지나치게 낙천적으로 보이는 표정이 볼수록 눈에 거슬렸다.

남자는 테이블을 떠날 생각이 없어 보였다. 지유는 별로 즐겁지 않아서 기차가 끊기기 전에 가야 한다고 했던 친구가 일어날 채비를 하자 같이 자리에서 일어났다. 이어 끌로이에게도 가자는 눈짓을 보냈다. 당연히 자기를 따라 일어날 줄 알았는데, 끌로이는 아무렇지도 않게 웃으며 먼저 가라고 손을 흔들었다. 언짢은 표정을 지어 보여도 아랑곳없이 그녀의 시선은 금세 멘도로 향했다. 끌로이답지 않았다. 평상시라면 자정이 넘은 시간에 지유가 혼자 가게 봐두지 않았을 것이다. 할 수 없이 지유는 처음으로 혼자 귀가했다. 집으로 가는 내내, 택시 기사는 끼어드는 차가 있을 때마다 사납게 욕을 퍼부었다.

그날 밤 끌로이는 집에 들어오지 않았다. 휴대폰은 밤새 꺼져 있었다. 미칠 듯한 기분으로 옷도 안 갈아입고 밤새 끌로이를 기다리는 동안 지유의 머릿속 날벌레들은 다시 사납게 들끓기 시작했다. 끌로이는 학교 갈 시간이 다 되어서야 집에 돌아왔다. 막상 환한 표정으로 문을 열고 들어오는 모습을 보자 지유는 화가 치밀었다.

"어떻게 된 거야? 걱정했잖아. 걱정했다고!"

지유의 얼굴이 빨갛게 달아올랐다. 끌로이는 깜짝 놀란 얼굴로 지유의 두 볼을 양손으로 어루만졌다.

"왜 그래, 지지. 많이 걱정했어? 난 괜찮아. 아주 좋다고."

지유는 끌로이가 지지라는 애칭으로 자신을 부르는 걸 좋아했지만, 그 순간만큼은 미소가 지어지지 않았다. 지유가 굳은 얼굴을 풀지 않자 포옹이 이어졌다.

"걱정해 준 건 고마운데, 난 어린애가 아니야."

지유는 자신을 빤히 쳐다보며 웃는 끌로이에게 정체를 알 수 없는 두려움을 느꼈다. 그녀의 얼굴이 이상하게 빛났기 때문이었다. 혹시 밤새 멘도와 있었던 거냐고 물어보고 싶었지만, 묻기가 꺼려졌다. 얼마 지나지 않아 지유는 그때 자신이 느꼈던 두려움이 질투였을지도 모른다고 생각했다. 끌로이가 멘도와 지내는 밤이 점점 잦아졌다. 아파트를 나서며 끌로이가 "내일 봐"라고 말하면 지유는 무심하게 "그래"라고 답했지만, 그런 날에는 밤새 한숨도 자지 못했다.

❣

네가 처음 멘도를 만나고 돌아온 날 아침에 했던 말, 기억해?

"난 어린애가 아니야."

이후에도 몇 번을 너는 내게 똑같은 말을 했지.

그 말을 처음 들었을 때, 나는 좀 어리둥절했었어. 나무라는 말투는 아니었지만, 뭐랄까, 내겐 그 말이 내 의도와는 심하게 어긋난 반응으로 느껴졌거든. 결코 너를 어린애로 생각해서 한 말이 아니었는데 왜 그런 말을 하는 걸까 의아했지.

난 어린애가 아니야…….

생각해 보면 나는 그런 표현을 거의 해 본 적 없는 것 같아.

"넌 아직 어린애야."

항상 그 말만 들었으니까.

❣

끌로이가 밤새 멘도와 있다 귀가한 토요일 아침이었다.
지유는 커피를 내리고 평소 끌로이가 하는 걸 곁눈질한 대
로 와플을 구워 아침을 차렸다.

"맛있는데?"

배가 고픈지 허겁지겁 와플을 입으로 가져가며 끌로이
가 말했다. 멘도를 만나고 오면 그녀는 항상 기분이 좋아
보였다.

"멘도네 집은 어때?"

"뭐, 형편없지."

정말 형편없다는 듯이 미간을 찌푸리면서도 입가에는 금
세 미소가 번졌다.

"밴드 멤버들이랑 같이 살아. 침실이 두 개뿐이라 멘도
는 피아노 치는 친구랑 방을 같이 써."

"뭐? 그럼 어떡해?"

불만이 가득한 목소리로 지유가 묻자 끌로이는 웃음을
터뜨렸다.

"뭐가? 대체 뭐가 궁금한 거야?"

지유는 아무 말도 하지 않았다.

"내가 가면 멘도의 룸메이트가 자리를 비켜 줘. 그들 사이엔 '천국의 거래'라는 말로 통하지."

"뭘 거래하는데?"

"대중없을걸. 지난번엔 그가 아끼는 티셔츠를 줬다고 했고, 럼주 한 잔을 사거나, 대마초가 생기면 그걸 줄 때도 있을 거야."

허름하고 비좁은 숙소에서 버글거리는 한 무리의 재즈 뮤지션, 그리고 그 속에 섞여 있는 끌로이의 모습을 상상하자 가슴이 답답했다.

"멘도가 트럼펫 부는 걸 가까이에서 보면 저러다 숨이 끊어지지 않을까 무서울 때가 있어. 몸에 있는 숨이란 숨은 다 끌어모아서 토해 내잖아."

자기가 쳇 베이커라도 되는 줄 아나. 지유는 속으로 코웃음을 쳤다. 그런 유의 음악가는 지유를 매료시키지 않았다. 전설이 되었는지는 몰라도 어쨌든 간에 마약과 방탕한 생활로 인생을 망친 뮤지션 아닌가.

B-플랫에서 트럼펫을 불던 멘도의 모습이 떠올랐다. 어느 곡이었던가. 그와 피아노 연주자의 즉흥 연주가 꽤 길어졌을 때였다. 지유는 둘이 만들어 내는 절묘한 화음에 감탄하다가도 어, 이건 불협화음 아닌가, 어, 이건 엇박잔

데 하면서 속으로 의아해하고 있었다. 그러다 어느 순간 깨달았다. 그 둘은 청중을 위해 연주를 하는 게 아니고 자기들끼리의 놀이에 빠져 있다는 걸. 맥이 탁 풀리는 기분이었다. 특히 멘도가 입에서 트럼펫을 떼자마자 피아노 연주자를 향해 고개를 돌리고 씩 웃었을 땐 뭐라고 형용할 수 없는 감정이 들었다. 어쩌면 그건 부러움이었을지도 모른다는 생각이 들자 지유는 쓸쓸했다.

"멘도가 왜 좋아?"

"글쎄……. 난 그 사람처럼 매사에 느긋한 사람을 보지 못했어. 그와 있으면 내가 막연히 두려워했던 것들이 별로 두렵지 않아진다고 할까. 멘도와는 그냥 흘러가는 대로 가다 보면 인생의 달콤한 면도, 고약한 면도, 다 자연스럽게 받아들일 수 있을 것 같아."

끌로이의 말을 묵묵히 듣고 있는데 뭔가가 지유의 눈에 들어왔다.

"그거 뭐야?"

"뭐가?"

지유는 끌로이의 왼쪽 소매를 확 걷어 올린 다음 손목 안쪽이 보이게 팔을 뒤집었다. 거기엔 엄지손가락만 한 M자가 검고 굵은 이탤릭체로 새겨져 있었다. 약간 부풀어 오른 M자 주위의 피부가 불그스름했다. 아, 이거? 하면서 끌로이는 기분 좋은 미소를 지었다.

"어제 했어. 내가 같이 하자고 했어. 근사하지? 멘도는 같은 자리에 C를 새겼어."

불쾌한 동요가 온몸에 퍼져 나갔다. 지유는 두 눈을 꼭 감았다 떴다. 무슨 말을 해야 할지 난감했다. 끌로이 가슴에 새겨진 라일락꽃의 꽃말이 생각났다. 사랑의 씨앗. 하지만 겨우 멘도라니. 아무리 생각해도 옳지 않았다. 태연하려고 애쓰며 머릿속으로 M으로 시작하는 멋진 단어들을 하나씩 떠올려 보았다. Magnificent, Marvelous, Moral, Majestic……. 이런 단어들을 놔두고 하필이면 멘도의 이니셜이라니. 지유는 입술을 깨물었다.

마지막 와플 조각을 입으로 가져가는 끌로이를 물끄러미 바라보며 지유는 상상해 보았다. 저 손목에 새겨진 이니셜이 M이 아니라 J라면, 그리고 멘도가 아니라 내 손목에 새겨진 이니셜이 C라면 어떨까. 부러웠다. 그들이 기꺼이 몸에 새긴 하나됨의 증표가. 연대의 과시가. 어떻게 저렇게 거리낌 없을 수 있을까. 저런 게 엄마가 말했던 뜨거운 피일까.

잠시 고민하다 지유가 물었다.

"멘도를 네 부모님이 아시면 어떨 거 같아?"

"한 번도 생각해 본 적 없는데? 그런데 그게 중요해? 내가 뭘 원하는지가 중요하지."

"네가 뭘 원하는데?"

"멘도와 더 많이 시간을 보내는 거."

지유는 깨끗이 비워진 와플 접시와 커피잔을 들고 말없이 자리에서 일어났다. 늘 자신을 걱정하던 엄마의 마음이 어떤 것이었는지 이해할 수 있을 것 같았다.

❣

두 사람이 함께 살기 시작한 이래 첫 번째로 맞는 끌로이의 생일이었다. 지유는 어떤 선물이 좋을지 고민한 끝에 끌로이가 꼭 한번 가 보고 싶다고 했던 레스토랑을 일찌감치 예약했다. 언젠가 센트럴 파크 근처를 함께 걸어갈 때였다. 지유는 우연히 장 조지 레스토랑의 간판을 발견하고 저 식당 상하이에도 있다고, 엄마랑 여행 갔을 때 가 본 적 있다고 말했다. 그러자 끌로이는 자기는 파인다이닝 레스토랑엔 한 번도 가 본 적 없다고 했다. 그 말이 농담이 아니라는 걸 깨달은 순간 지유는 내심 놀랐었다.

끌로이는 지유가 자신의 생일을 위해 레스토랑을 예약

했다고 말하자 깜짝 놀란 표정이 되었다.

"어머, 어디?"

"르 버나딘."

"정말? 거기 너무 비싼 데 아니야?"

"괜찮아. 점심으로 예약했어."

지유가 웃으며 대답했다. 그러자 끌로이는 조심스레 물었다.

"혹시…… 멘도도 초대해도 될까? 생일날 같이 보낼 거라고 기대할 거야. 멘도 밥값은 내가 낼게."

지유는 달갑지 않았지만 그러면 그러자고, 물론 내가 다 내겠다고 말했다.

며칠 뒤 끌로이는 묘한 미소를 지으며 지유에게 다가왔다. 뭔가 할 얘기가 있을 때의 얼굴이었다.

"지유, 좋은 소식과 나쁜 소식이 있어. 뭐부터 들을래?"

"당연히 나쁜 쪽이지."

"흠, 내 생일날 말이야. 우리 점심 식사 후에 바스키아 전시회 보러 가기로 했잖아. 그런데 못 가게 됐어. 네가 전부터 가고 싶어 했는데, 미안해."

지유가 뭐라고 대꾸하기도 전에 끌로이는 이어 말했다.

"자, 이제부터는 좋은 쪽이야. 궁금하지 않아?"

끌로이가 전한 좋은 소식이란 그녀가 봉사활동을 하는 비영리단체 MFA에 관한 얘기였다. 최근 페레즈라는 이름의 멕시코인 부호가 후원자로 등록했는데, 그가 해마다 햄튼에 있는 자기 별장에서 여는 대규모 파티를 올해는 MFA 모금 파티로 목적을 바꾸어 열기로 했다는 거였다. 그래서 자기는 그날 파티 현장에서 모금 스태프로 일해야 한다고 했다.

"고맙게도 미스터 올랜도가 후원자 모임에서 그와 대화를 나누다가 아이디어를 제안한 모양이야. 미스터 페레즈는 라틴계 수혜자들을 도울 수 있는 취지라면 좋다고 흔쾌히 승낙했고. 게다가 내가 쿠바 뮤지션으로 구성된 재즈 밴드가 있는데, 그들이 파티에서 공연하면 어떻겠냐고 제안했거든."

"MFA에? 아니면 그 멕시코인 부호한테?"

"아니. 미스터 올랜도한테."

"맙소사. 멘도가 네 남자친구인 건 알아?"

"당연하지."

끌로이는 눈을 찡긋하며 웃었다.

"그럼, 멘도도 미스터 올랜도를 알아?"

"응. 친구라고 전에 얘기했어."

"그래서?"

"그것도 흔쾌히 좋다고 했대. 라티노는 모두가 친구라면서. 더 굉장한 뉴스가 뭔지 알아? 우리가 미스터 올랜도의 친구라고 하니까 게스트룸으로 쓰는 단독 빌라에 묵으라고 했대."

끌로이는 신이 난 얼굴이었다.

"알았어. 잘 다녀와."

지유가 무표정한 얼굴로 대답하자 끌로이는 눈을 동그랗게 떴다.

"무슨 말이야, 지유. 우리 셋이 같이 가야지. 그날 모금파티가 끝나면 밤에 우리끼리 생일파티를 제대로 하는 거야. 아, 정말 너무 기대돼!"

햄튼엔 아직 못 가 봐서 가고 싶기도 했지만, 지유는 왠지 내키지 않았다. 멘도와 셋이 함께하는 여행이 과연 유쾌할까 싶었다. 지유가 생각해 보겠다고 말하자 끌로이는 말도 안 된다며 세차게 손사래를 쳤다.

"꼭 너도 가야지, 지지. 그날 내 생일이라고!"

❦

생일날 아침 끌로이는 짐을 싸느라 아침부터 부산했다.

지유가 파티에 입을 옷도 골라 주었는데, 드레스코드가 화이트라고 했다. 겨우 하룻밤 묵고 오는데도 끌로이는 "혹시 모르니까"를 연발하며 비치용 타월, 비키니, 챙 넓은 모자, 그리고 고데기까지 든 거창한 여행 가방을 쌌다. 지유가 아직 오월이라고 나무라자 끌로이는 혹시 풀에서 수영을 할 수 있을지 아냐며 눈을 찡긋했다. 지유가 세안용품과 화장품을 넣은 파우치와 옷가지를 백에 구겨 넣는 걸 보더니 넉넉한 자기 캐리어에 넣자며 낚아채 갔다.

두 사람은 모처럼 한껏 차려입고 식당으로 향했다. 지유는 트위드 재킷에 미디 길이의 원피스를, 끌로이는 근사한 블랙 미니드레스를 입고 나섰다. 르 버나딘에 도착하자 끌로이의 눈빛은 아이처럼 흥분으로 반짝였다. 웨이터의 안내로 테이블에 앉자 조금 지나 멘도가 도착했다. 지유로서는 석 달 전 B-플랫에서 처음 본 후 두 번째로 만나는 자리였다. 그는 흰색 바지와 셔츠를 입고 갈색 벨트와 비슷한 색감의 로퍼를 신었는데, 새하얀 옷 색깔 때문인지 까무잡잡한 피부가 도드라져 보이며 이국적인 매력을 풍겼다. 그사이 구레나룻을 기른 모습이었고 전보다 길어진 곱슬머리는 자연스럽게 웨이브가 져 있었다. 원래 팔찌처럼 오선지 문양의 문신이 있던 왼쪽 손목 안쪽에는 C자가 진하

게 새겨져 있었다. 지유는 자기도 모르게 살짝 미간을 찡
그렸다.

그는 끌로이에게 반갑게 키스하고 앉자마자 식당 중앙
벽을 장식한 거대한 파도 그림을 뚫어지게 쳐다보았다. 그
러고는 그 그림이 아바나의 말레콘을 떠오르게 한다며 한
참이나 눈을 떼지 못했다. 이어 초대 감사하다고, 그리고
다시 만나서 반갑다고 지유에게 인사를 건넸다. 지유는 정
면으로 마주 보기는 처음인 그들의 모습이 의외로 잘 어울
리는 커플처럼 보이는 데 당혹감을 느꼈다. 마냥 행복해
보이는 두 사람을 보고 있자니 셋 중에 불편해하는 사람은
자기뿐인 것 같았다. 지유는 웨이터와 눈이 마주치기를 기
다려 샴페인을 주문했다. 그사이 끌로이와 멘도는 메뉴를
보며 무얼 먹을지 열심히 의견을 나누었다. 모두 세 가지
요리로 구성된 코스를 시키기로 하고, 전채 요리는 관자와
캐비어로 만든 요리를 똑같이 주문했다. 끌로이는 캐비어
를 처음 먹어 본다고 했다. 인상적인 건 멘도였다. 그는 농
어, 도미, 가자미, 넙치 등 각각의 생선이 가진 특유의 맛
과 그에 어울리는 소스에 관해 호불호가 확실했고, 메뉴를
정하지 못하는 끌로이에게 이런저런 의견을 내놓았다. 두
사람은 각자 다른 메인 요리를 시켜 사이좋게 한 입씩 나

누어 먹었다. 종종 멘도는 포크가 입 안으로 들어갈 때 음미하듯 눈을 감고 미소를 지었다. 끌로이는 기분이 좋은지 쉬지 않고 떠들었는데, 나머지 두 사람은 그녀의 말에 맞장구를 치거나 되묻는 식으로 대화를 이어 갔다. 그러다 대뜸 멘도가 지유에게 물었다.

"뉴욕에서 당신이 꼽는 최고의 중국 식당은 어디인가요?"

"갑자기 중국 식당은 왜요?"

"중국 사람 아닌가요?"

"한국 사람이에요."

그러자 그는 아, 하며 어깨를 으쓱하더니 하얀 이를 드러내며 웃어 보였다. 특별한 의미는 없는 몸에 밴 미소 같았다. 끌로이가 웃으며 지유 한국 사람인 거 몰랐냐고 핀잔을 주었다. 지유는 한 대 얻어맞은 기분이었다. 끌로이가 얼마나 내 이야기를 하지 않으면 멘도가 이런 질문을 할 수 있을까? 갑자기 두 사람에게 차지하는 자신의 존재감에 의구심이 들었다. 동시에 서운함이 밀려들면서 자신이 보잘것없는 주변인으로 전락한 기분이 들었다. 정말 내 얘기는 하지도 않는 걸까. 의문이 커질수록 대화를 계속하고 싶은 의욕이 사라졌다. 요리를 설명하는 웨이터의 목소리도 귀에 들어오지 않았다. 생각을 다른 데로 돌리려고 했지만 잘 되지 않았다. 지유는 끌로이의 생일을 축하하기 위한 자리임을 상기하며 언짢은 기분을 내색하지 않으려고 애썼다.

끌로이는 신이 나서 다음 날 햄튼에서 하고 싶은 것들을 열거 중이었다. 파티 장소에서 가깝다는 비치엔 꼭 가야 한다, 몽탁의 유명하다는 트레킹 코스도 가 보고 싶다, 패리시 아트 뮤지엄도 빠뜨리면 안 된다, 유명한 랍스터 롤도 먹어 보자. 몇 번이나 멘도는 "오, 허니, 그걸 다 할 수는 없을 거야"라고 말하며 웃었다. 두 사람은 마지막 디저트까지 깨끗하게 비웠다. 지유는 잊지 못할 정도로 훌륭한 식사였다고 감탄을 연발하는 끌로이 덕분에 기분이 조금 나아져서 후한 팁을 남겼다.

세 사람은 곧장 햄튼으로 출발했다. 사우스햄튼까지는 두 시간 정도가 걸린다고 했다. 끌로이가 렌터카의 운전대를 잡았다. 왜 멘도가 운전하지 않느냐고 지유가 묻자 끌로이는 그는 아직 국제운전면허증이 없다고 대답했다. 자연스럽게 멘도가 조수석에, 지유가 뒷자리에 앉았다. 앞에 앉은 두 사람은 부지런히 재생 목록을 찾아 가며 템포가 빠른 재즈곡 위주로 음악을 틀었다. 가는 내내 멘도는 왼쪽 팔을 뻗어 끌로이의 오른쪽 볼과 목덜미를 수시로 어루만졌다. 두 사람은 무슨 할 말이 그리 많은지 생각나는 거라면 뭐든 마구잡이로 떠들어대는 것 같았다. 이따금 지유는 멘도의 영어가 이해되지 않았지만 두 사람은 그들끼리 통하는 언어로 유창하게 대화를 나누는 것처럼 막힘이 없었다. 그들은 지유에게 질문을 던질 때마다 매번 돌아오는 답변이 단답형으로 끝나자, 어느 순간부터 뒤에 앉아 있는 지유를 의식하지 않고 대화를 나누었다.

둘의 대화에 귀를 기울이지 않으려고 애쓰며, 지유는 창밖에 시선을 고정하고 빠르게 흘러가는 풍경을 바라보았다. 기막히게 화창한 봄 날씨였다. 하늘은 물감 팔레트에서 가장 예쁜 파란색을 꺼내 칠해 놓은 것 같았고, 반쯤 열린 창으로 들어오는 공기는 기분 좋은 봄의 산뜻하고 달콤한 향내로 가득했다. 앞에 앉은 두 사람의 들뜬 모습이 이해될 정도로 멋진 날씨였다. 뉴욕 도심과는 사뭇 다른 평화롭고 고즈넉한 풍경이 이어졌다. 멀리 눈부시게 하얀 요트들이 줄지어 서 있는 모습이 나타나자 끌로이와 멘도는 행복한 비명을 질러댔다.

지유는 엄마가 보고 싶었다. 요즘 들어 부쩍 기운 없이 들리는 목소리도 마음에 걸렸지만 무엇보다 이 멋진 풍경을 바라보며 점점 더 가라앉는 자신의 속마음을 하소연하고 싶었다. 엄마는 아직 멘도의 존재를 몰랐다. 그의 얘기를 하지 못한 건 어떻게 설명해야 할지 몰라서 몇 번이나 말할 기회를 놓쳤기 때문이었다.

"드디어 도착했어!"

끌로이가 소리치며 차를 세웠다.

현관 전면에 세워진 거대한 기둥 네 개가 웅장한 느낌을 주는 하얀 이 층짜리 저택이었다. 화려한 중앙홀을 통과해 저택의 뒤편으로 가자 커다란 풀이 나타났다. 들은 대로 멀리 바다가 내려다보였다. 먼저 도착한 멘도의 밴드 멤버들은 벌써 공연 준비로 분주한 모습이었다. 끌로이는 반갑게 MFA 사람들과 인사를 나누었다. 그들이 묵을 숙소는 풀 바로 옆에 있는 작은 독채였는데, 작은 응접실을 가운데 두고 양쪽에 침실이 하나씩 있는 구조였다. 끌로이와 지유는 그곳으로 들어가 짐을 풀고 얼른 옷을 갈아입었다.

하얀 옷을 멋지게 차려입은 손님들이 하나둘씩 몰려들기 시작했다. 음식이 차려지고 술과 음료가 서빙되었다. 손님들은 풀 사이드와 넓은 정원에 흩어져 즐겁게 이야기를 나누고 술을 마셨다. 한쪽에서는 쌍쌍이 춤을 췄다. 석양이 내리기 시작하면서 파티의 분위기는 점점 더 무르익었다. 재즈 선율과 사람들의 웃음소리가 뒤섞여 초여름 밤의 산뜻한 공기 속으로 흩어졌다.

지유는 몇몇 사람과 짧게 이야기를 나누었지만 늘 그렇듯 자신이 얼마나 낯을 많이 가리고 스몰토크에 재주가 없는지 실감했을 뿐이었다. 무슨 할 말이 저렇게나 많을까. 처음 유학을 왔을 때도 지유는 아이들을 보며 같은 생각을 했었다. 그럴수록 정확한 답이라는 자신이 없으면 수업 시간에 입을 떼지 못하고, 토론에는 더더욱 잘 끼지 못하는 자신이 의식되었다. 누구를 만나든 십 년은 알고 지낸 사람처럼 잡담이나 농담을 나누는 끌로이가, 그래서 부러웠다. 영어가 늘어도 끝내 익숙해지지 않는 건 그런 거였다.

지유는 정원 한구석에 서서 좀처럼 줄지 않는 화이트와인 한 잔을 들고 끌로이를 바라보았다. 하얀 민소매 원피스 차림으로 쉴 없이 모금 부스를 찾아오는 사람들과 이야기를 나누는 끌로이는 어느 때보다도 아름다웠다. 특히 상체가 뒤로 젖혀질 정도로 웃을 때면, 그 유쾌한 웃음소리가 귓가에 들리는 것만 같았다. 지유는 끌로이의 모습이 너무 사랑스러워 화가 났다. 언제인가부터 두 사람의 관계의 축은 한쪽으로 기울어져 버렸고, 지유는 원하는 만큼 받을 수 없음에 좌절했다. 난생처음 느끼는 그 공평하지 못함에 가슴이 아팠다. 그리고 공평하지 않음을 알면서도 더 연연하게 될까 봐 두려웠다. 두 사람 중 누가 기울기의 수평을 망가뜨린 건지 아무리 생각해 봐도 답을 알 수 없었다.

지유는 천천히 사방을 둘러보았다. 짙은 녹음에 싸인 아름다운 저택과 즐거운 표정의 손님들, 공연 중인 멘도, 그리고 사람들에게 둘러싸인 끌로이까지 차례로 눈에 담았다. 이국적인 영화의 한 장면을 보는 듯했다. 이런 곳이야말로 엄마가 궁극적으로 지유의 삶에 선사하고 싶어 했던 멋진 무대 같았다. '엄마, 언젠가는 나도 저 사람들 속으로 들어갈 수 있을까. 저런 근사한 풍경의 자연스러운 일부가 될 수 있을까.'

파티가 끝날 즈음 끌로이가 다가왔다. 지유는 검붉은 얼룩으로 엉망이 된 끌로이의 원피스를 보고 깜짝 놀랐다.

"옷이 왜 그래?"

"아, 이거. 누가 실수로 레드와인을 쏟았지 뭐야."

"저런."

"행운의 마크야. 미안했는지 그 사람이 기부금을 천 달러나 냈거든. 고맙지 뭐."

그제야 잔뜩 상기된 끌로이의 얼굴이 눈에 들어왔다.

"대성공이야, 지유! 예상 금액의 두 배가 넘게 걷혔어. 멋진 사람들이 마구마구 수표를 써 줬다니까."

"축하해."

"참, 미스터 올랜도하곤 인사했어? 지난번에 만났잖아."

"아까 멀리서 봤는데, 말을 걸진 못했어. 날 기억 못 할 거 같아서."

끌로이가 그럴 줄 알았다는 듯 픽 웃었다.

"파티는 즐거웠어?"

"응."

"이제 파장 분위기니까 피곤하면 숙소에 먼저 가 있어. 우리도 마치는 대로 들어갈게. 이제 진짜 파티를 해야지. 오늘이 내 생일이라고 하니까 미스터 페레즈가 와인 한 병과 케이크를 보내 주겠대. 그 아저씨 진짜 재밌는 사람이더라고. 그리고 세상에, 원하면 하루 더 묵고 가래!"

"나 내일 돌아가야 해."

"네네, 물론이죠, 공주님."

끌로이는 장난스럽게 고개를 숙이고 뒷걸음을 쳐서 자리를 떴다.

♥

    세 사람이 응접실에 둘러앉아 케이크에 불을 켰을 때는 이미 자정이 지나 있었다. 지유가 기다란 스물네 개의 초에 불을 붙이자, 멘도는 블루스 톤으로 해피버스데이 송을 불렀다. 저음으로 부르는 그의 노래는 트럼펫 연주보다 낫다 싶을 정도로 훌륭했다. 노래가 끝나자 끌로이는 촛불을 끄고 지유의 볼에 뽀뽀를, 이어 멘도와는 키스를 했다. 지유가 물었다.

    "소원 빌었어?"

    "응."

    "무슨 소원?"

    "비밀이야."

    끌로이가 코를 찡끗해 보이며 말했다.

    세 사람은 와인잔을 부딪치며 이야기를 나누었다. 주로 끌로이와 멘도가 오늘 파티에서 있었던 일들을 이야기하며 낄낄거렸다. 멘도는 집주인에게 다음 달에 열리는 파티에도 와서 연주해 달라는 부탁을 받았다며 기뻐했다. 그는 방으로 들어갔다가 나오더니 두 사람에게 뭔가를 내밀었다. 대마초였다. 지유가 그걸 물끄러미 바라보자 끌로이가 말했다.

"지유는 안 해."

"전혀?"

멘도가 물었다.

"응. 전혀."

"한 번도 해 본 적 없어?"

"있지. 딱 한 번. 그런데 그날 우리가 애들처럼 유치한 짓을 해서 지유는 이제 절대로 안 할걸."

끌로이가 웃으며 말했다.

"무슨 짓을 했길래?"

멘도가 호기심 어린 얼굴로 물었다.

"글쎄……. 지지, 얘기해도 돼?"

지유는 입술을 깨물었다. 끌로이는 그날 밤 자기와 나눈 키스를 말하고 있었다.

재즈바를 같이 다니는 친구 중 하나가 연 파티였다. 여느 때처럼 친구들은 자연스럽게 위드를 나눠 피기 시작했다. 처음 끌로이를 따라 홈파티에 갔을 때, 지유는 어디선가 이상하게 꼬릿한 냄새가 난다고만 생각했지 그게 대마초 때문인 줄은 상상도 못 했다. 팟, 위드, 조인트, 마리화나, 캐너비스가 다 같은 뜻이라는 것도 몰랐다. 지유는 끌로이가 위드를 권할 때마다 정색하며 세차게 고개를 저었다. 그 모습이 재밌는지 끌로이는 항상 장난을 쳤다.

"지유, 그런 속담 있는 거 알아? 위드를 가진 친구가 진짜 친구고, 위드를 나누는 친구는 당신을 진짜 위하는 친구다."

지금 생각해도 지유는 그날 밤 자기가 어떻게 그걸 피워 볼 용기를 냈는지 신기했다. 혼자만 외톨이가 된 기분이 들어서였을까. 왠지 한번 피워 보고 싶다는 생각이 들었다. 끌로이는 지유가 호기롭게 대마초를 건네받자 어리둥절한 표정을 지었다. 지유는 보란 듯이 한 대를 다 피웠다. 하지만 잔뜩 기대한 것치곤 좀 나른해지는 게 전부였다. 갑자기 식욕이 돌아서 핑거푸드를 많이 집어먹긴 했지만 상상했던 것만큼 크게 다른 건 느낄 수 없었다.

"생각보다 시시하네."

지유가 말하자 끌로이는 큰 소리로 웃었다.

그날 밤 집에 돌아온 두 사람은 누가 먼저랄 것도 없이 키스했다. 충동적으로 나눈 키스였다. 충격적인 감각은 없었다. 온몸이 축축 늘어지고 몽롱한 상태였기에 흥분이나 떨림도 없었다. 부드러운 질척임, 그리고 파티를 떠날 때 먹었던 아몬드 크래커의 향이 기억에 남을 뿐이었다. 입술을 떼자마자 두 사람은 누가 먼저랄 것도 없이 웃음을 터뜨렸고 눈물이 날 정도로 한참을 킬킬댔다. 아침에 일어났을 땐 전날 어떻게 잠이 들었는지 기억도 나지 않았다.

그 후 두 사람은 단 한 번도 그 일을 입에 올리지 않았다. 하지만 시간이 지날수록 지유는 그때 느꼈던 감각의 여운이 몸에서 떠나지 않았다. 그게 자신의 첫 키스였다는 것도 말하지 못했다. 아니 말할 기회가 없었다. 그래서 의식적으로 실제 일어난 일이 아니라고 생각했다. 하지만 막상 끌로이가 그 일을 입에 올리고 '애들처럼 유치한 짓'이었다고 정의 내리자 혼란스럽고 상처받은 기분이 들었다.

"멘도, 지유 표정 봐. 얘기하면 안 되겠다. 들을 생각하지 마."

이어 끌로이는 잔에 와인을 따르고 멘도와 술잔을 부딪쳤다. 그는 끌로이 귀에 대고 다시 한번 해피버스데이 송을 흥얼거렸다.

취기 탓인지 대마초 탓인지 멘도는 말이 많아졌다. 시답잖은 잡담이 이어지다 그가 누드모델을 했었다는 얘기가 나왔다. "정말?" 지유는 자기도 모르게 몇 번이나 되물었다. 멘도는 고향 아바나의 이웃 중에 미대 교수가 있었는데, 우연히 그가 다리를 놓아 주어 누드모델을 했었다고 말했다.

"내겐 부업이었어요. 큰돈을 벌 수는 없지만 좋아하는 일이었죠. 미국에 온 후로는 못 해 봤어요."

"맞다!"

끌로이가 소리쳤다.

"미스터 올랜도에게 소개해 줄 만한 데가 없는지 물어봐야겠어. 내가 왜 그 생각을 못 했지?"

멘도가 엄지손가락을 치켜세우며 웃었다. 알몸으로 포즈를 취하는 그의 모습을 상상하자 지유는 끌로이에게 미스터 올랜도와 잤다는 얘기를 들었을 때처럼 가슴이 철렁했다. 멘도가 말했다.

"아까부터 뭔가 아쉬웠는데, 좋은 생각이 났어!"

그는 방으로 들어갔다 어디서 났는지 물 잔 크기의 크리스털 캔들 홀더를 들고 나왔다. 이어 응접실의 천장 등을 끄고 초에 불을 붙였다. 조명이 바뀌자 갑자기 아늑하고 로맨틱한 분위기가 공간을 감쌌다. 짙어진 어둠 속에서 어른거리는 둘의 얼굴이 발갰다. 순식간에 달라진 분위기에 젖어 지유도 촛불을 물끄러미 바라보았다. 처음으로 침묵이 흘렀다. 문득 지유는 캔들 홀더가 낯익다는 느낌이 들었다.

"어? 이거 어디서 본 것 같은데."

지유가 중얼거렸다.

"맞혀 봐요."

멘도가 말했다.

"설마 르 버나딘?"

깜짝 놀라며 묻는 지유에게 멘도는 흐뭇하게 웃으며 고개를 끄덕였다.

"빙고!"

"아니, 언제 이걸 슬쩍한 거야?"

끌로이도 놀라며 물었다. 지유의 입에서는 말도 안 돼, 라는 말이 새어 나왔다. 멘도는 어깨를 으쓱해 보였다. 별로 개의치 않는다는 듯한 몸짓이었다.

"아름다운 것들을 나눠 가지는 건 나쁜 게 아니에요."

끌로이는 자기는 정말 못 말리는 남자라면서 장난스럽게 눈을 흘겼다. 하지만 팔꿈치로 그를 툭 치며 낄낄거리는 모습은 나무라는 게 아니라 재미있어하는 반응처럼 보였다. 지유는 두 사람이 갑자기 낯설게 느껴졌다. 특히 끌로이의 반응을 이해할 수 없었다. 자기가 안다고 믿었던 친구가 아닌 것 같았다. 끌로이에게 실망하게 될까 봐 두려웠다.

두 사람은 나란히 머리를 맞대고 촉촉한 눈빛으로 촛불을 바라보고 있었다. 더는 그 자리에 있고 싶지 않았다. 마침 와인 한 병이 다 비워졌다. 술을 찾는 멘도에게 지유는 피곤하다고, 그만 자고 싶다고 말했다. 두 사람은 웃으며 고개를 끄덕였다. 지유가 방으로 들어오자 잠시 후 그들도 방으로 들어가는 기척이 들렸다.

지유는 침대맡 작은 조명을 켜고 침대에 기대앉았다. 사방이 믿을 수 없을 정도로 고요했다. 창밖으로 아직 바닥 조명이 꺼지지 않은 풀이 주위를 은은하게 밝히고 있었다. 정말 긴 하루였다고 지유는 생각했다. 얼른 씻고 누워 이곳을 벗어나 잠 속으로 사라지고 싶었다. 샤워를 하려고 일어나니 세면용품이 든 가방과 잠옷이 끌로이에게 있다는 게 생각났다. 할 수 없이 조심스레 밖으로 나가 맞은편 방으로 갔다.

그들의 방문은 손바닥 정도 넓이로 열려 있었다. 지유는 방에서 흘러나오는 끌로이의 말소리 같기도 하고 웃음소리 같기도 한 소리에 귀를 기울이며 방문 가까이 다가갔다. 문틈으로 꿈틀대는 멘도의 나신이 보였다. 그의 엉덩이와 허벅지가 느리고 부드러운 재즈 선율처럼 움직이고 있었다. 새하얀 시트 위에 놓인 까무잡잡하고 탄탄한 그의 몸은 그 자체로 강렬한 생명력을 과시했다. 이어 끌로이의 몸이 그 위로 올라왔을 때 지유는 가만히 고개를 떨구었다. 뜨겁고 생생한 무언가가 가슴속에서 꿈틀거렸고 이내 슬프고 무력한 기분이 바닥을 쳤다. 지유는 천천히 그들에게서 시선을 돌렸다.

♥

햄튼에서 돌아온 다음 날이었다.

"끌로이, 이번 주 필름 포럼 상영작이 미야자키 하야오 영화래. 너 일본 애니메이션 영화 보고 싶다고 했었지?"

그러자 끌로이는 시무룩한 얼굴이 되었다.

"지유, 이제부터 금요일 무비 나이트는 어려울 것 같아."

대번에 지유는 끌로이보다 더 시무룩해져서 이유를 물었다.

"이번 주는 멘도와 데이트해야 하고. 알잖아, 그가 금요일 밤에 쉬는 경우는 거의 없는 거. 그리고 다음 주부터는 금요일 저녁에도 일해야 하거든. 병원에 추가 근무를 신청했어."

"아니 왜?"

"왜긴 왜야. 돈 벌어야 하니까. 유감스럽게도 나는 너처럼 공주님이 아니거든."

끌로이가 웃으며 말했다.

그 후 몇 주 동안 지유는 끌로이와 거의 얼굴을 마주치지 못했다. 끌로이가 아침 시간에도 아르바이트를 하나 더하게 되었기 때문이었다. 이제 끌로이는 아침에 지유에게 커피를 내려 주는 대신 카페에서 손님들을 위해 커피를 만들었다. 학교 수업과 아르바이트를 오가느라 정신없이 바빴고 짬을 내서 멘도를 만나기도 버거운 듯했다.

아침에 일어나면 끌로이는 벌써 나가고 없었다. 지유는 조용한 아파트에서 혼자 커피를 내리며 조금씩 달라지는 생활의 변화를 실감했다.

❣

오랜만에 집에 일찍 들어온 끌로이는 멘도가 밥을 사고 싶어 한다는 메시지를 전했다. 지난번 끌로이의 생일 때 초대해 준 답례라고 했다. 마침 중요한 리포트를 끝낸 터라 지유는 끌로이가 제안하는 날짜와 시간에 고개를 끄덕였다.

셋이 만나기로 한 중식당은 한창 바쁜 시간이 지나 한산

했다. 지유가 자리 잡고 앉자마자 멘도가 도착했다. 함께 햄튼을 다녀오긴 했지만 두 사람은 여전히 서먹한 분위기에서 인사를 나누었다. 어쩌면 지유만 그렇게 느끼는지도 몰랐다. 지유는 멘도의 손에 들린 서브웨이 샌드위치 봉투를 보고 물었다.

"웬 샌드위치예요?"

그러자 멘도는 피식 웃었다.

"아, 방금 산 거예요."

지유가 눈을 동그랗게 뜨자 그는 말했다.

"오는 길에 어떤 노숙자 할아버지를 만났어요. 'I'm hungry'라고 쓰인 종이를 앞에 놓고 앉아 있더라고요. 마침 길 맞은편에 서브웨이가 있길래 이걸 사서 내밀었어요. 그랬더니 그가 묻는 거예요. 무슨 샌드위치냐고. 참치 샌드위치라고 했더니, 슬픈 얼굴로 고개를 저으며 자기는 참치는 안 먹는다는 거예요. 할 수 없이 다시 돌아가 다른 샌드위치를 사서 줬어요. 이건 오늘 저녁으로 먹어야죠."

지유가 적당한 대꾸를 못 하고 머뭇거리는 사이, 멘도는 당신처럼 좋은 친구가 끌로이 옆에 있어서 기쁘다고 말했다. 지유는 나도 마찬가지라고 대답했다. 괜히 머쓱해서 주머니에서 휴대폰을 꺼내 테이블 위에 올려놓았다. 순간

화면에 끌로이에게서 온 문자가 떠올랐다. 문자를 확인한 지유가 물었다.

"봤어요? 당신도 받았죠?"

"뭐가요?"

지유가 휴대폰을 들어 보이자 멘도는 빈손을 펴 보이며 고개를 가로저었다. 지유는 이 남자가 형편이 안 돼서가 아니라 괴팍한 별종이기 때문에 일부러 휴대폰을 장만하지 않는 게 아닐까 하는 의심이 들었다. 그는 무슨 일이 있냐고 물었다.

"늦는대요. 30분 정도."

지유가 심란한 표정으로 대답하자 멘도는 하얀 이를 드러내며 웃었다.

"노 빅 딜."

맘에 들지 않는 대답이었다. 지유는 약간 날을 세운 목소리로 쏘아붙였다.

"아니 당신은 왜 아직도 휴대폰을 안 사는 거죠?"

멘도는 난처한 듯 애매한 미소를 지어 보였다. 지유는 대답을 재촉하듯 그를 빤히 쳐다보았다. 그는 망설이다 "아주 복잡해요"라는 말로 입을 열었다.

"뉴욕에 도착한 지 얼마 안 돼서 악기를 잃어버렸어요.

길거리 한복판에서. 눈 깜짝할 사이에 일어난 일이었죠. 악기만 잃어버린 게 아니었어요. 다른 친구 명의로 개통한 휴대폰도 같이 잃어버렸죠. 어쨌든 긴 얘기를 짧게 요약하자면."

멘도는 거기에서 이야기를 멈추고 한숨을 내쉬었다.

"나는 불법체류자 신분이라 도난신고를 할 수도, 악기를 찾을 수도 없었어요. 더 심각한 문제는 어이없게도 내가 잃어버린 휴대폰 때문에 친구가 5천 달러 가까이 돈을 잃는 사기를 당한 거예요. 그 친구와 지금 복잡하게 얽혀 있는 일이 해결되기 전까지 나는 휴대폰을 장만할 상황이 못 돼요. 같은 숙소에 사는 친구거든요."

지유는 자신의 귀를 의심하지 않을 수 없었다. 악기를 잃어버렸다는 게, 5천 달러를 사기당했다는 게 놀라운 게 아니었다. 불법체류자였다니……. 도대체 끌로이는 어쩌자는 걸까. 애써 당혹스러움을 숨기며 차분한 목소리로 물었다.

"미국엔 왜 왔나요?"

"돈 벌려고요."

"쿠바에선 벌 수가 없나요?"

멘도는 잠시 고개를 갸우뚱하더니 장난스러운 얼굴로

되물었다.

"한국에선 공부할 수가 없나요?"

그때 종업원이 그들 테이블로 다가와 십 분 후에 주문이 마감된다고 알려 주었다. 지유는 얕은 한숨을 내뱉었다.

"어쩌죠. 십 분 안에 안 오면."

"괜찮아요. 다른 데 가면 되죠. 노 빅 딜."

참을 수 없을 정도로 태평스러운 얼굴이었다. 이 남자는 계획대로 안 되거나 하고 싶은데 못 하는 일들에 대해 늘 이런 식이겠지. 끌로이는 노 빅 딜이라는 말을 얼마나 자주 들었을까 싶었다. 배가 고팠지만 어느새 식욕은 사라지고 없었다. 뭔가를 따져 묻고 싶었지만, 정확히 뭘 알고 싶은 지 모르겠는 심정이었다. 한참 만에 지유는 물었다.

"뉴욕에는 얼마나 있을 건가요?"

"모르겠어요."

"그래도 계획이 있을 거 아니에요."

그러자 그가 웃음을 터뜨렸다.

"난 원래 계획 같은 거 안 세워요. 하지만 당신 질문이 제일 하고 싶은 게 뭐냐고 묻는 거라면, 있어요! 우선 돈 을 많이 벌고 싶어요. 그다음엔 집을 구해야 해요."

"왜요?"

"오늘 끌로이가 얘기할지도 몰라요."

"뭔데요?"

멘도는 할 수 없다는 듯이 쑥스럽게 웃으며 말했다.

"우린 같이 지내기로 했거든요. 당장은 어렵지만 가능한 가장 가까운 미래에."

지유가 놀라서 말문이 막혀 버린 사이 끌로이가 숨을 헐떡이며 식당 입구에 들어섰다. 그녀는 총총걸음으로 다가오며 말했다.

"미안, 미안!"

멘도가 자리에서 일어나 끌로이를 포옹하며 그녀의 귓가에 대고 속삭였다.

"노, 노, 노 빅 딜, 허니."

두 사람이 선 채로 길게 키스를 나누는 동안 지유는 멍하니 그들을 쳐다보았다. 어릴 때 TV에 나오던 외국 영화 배우들처럼, 그들이 다른 세계에 사는 이방인처럼 느껴졌다.

식사하는 동안 대화는 계속되었지만, 지유는 그 말들이 하나도 귀에 들어오지 않았다. 음식 맛도 느껴지지 않았다. 음식을 씹을 때마다 목구멍에서 쓴 물이 올라왔고, 조금 전에 멘도에게 들었던 말을 떠올릴 때마다 위에서 뭔가가 딱딱하게 뭉치는 것 같았다.

차와 함께 포춘쿠키가 나왔을 즈음, 지유는 자신이 몸만 그곳에 있는 헝겊 인형처럼 느껴졌다. 끌로이는 어서 꺼내 보라고 두 사람을 재촉하며 자신의 메시지를 읽었다.

— You will soon discover your hidden talent.

"흠, 내 숨은 재능이 뭘까 궁금하네."
끌로이가 웃으며 말했다. 이번에는 멘도가 쿠키를 부스러뜨리고 꺼낸 메시지를 읽었다.

— Ask your mom.

대번에 두 사람은 웃음을 터뜨렸다. 멘도가 고개를 갸우뚱거리며 "Ask your mom, Ask your mom"을 되풀이해 중얼거리자, 끌로이는 그거 지유 건데 자기한테 잘못 간 것 같다고 농담했다. 마지막은 지유의 차례였다.

— New romance is in the future.

끌로이와 멘도가 동시에 와 하면서 환호성을 질렀다.

끌로이가 말했다.

"지유. 좋겠다! 지유 게 최고네."

지유는 억지로 미소를 지어 보였다.

두 사람과 헤어진 후 지유는 마음속에서 끓어오르는 분노를 삭이며 센트럴 파크를 해가 질 때까지 헤매고 다녔다. 아무리 걸어도 마음이 가라앉지 않았다. 멘도가 싫었다. 그를 만나러 가느라 끌로이가 집을 비울 때마다 사정없이 휘청거리는 자신의 감정이 지긋지긋했다. 이제 완벽하게 세팅되었던 뉴욕에서의 삶은 망가지는 걸까.

지유에겐 꿈꾸던 미래가 있었다. 둘 다 대학을 마치고, 끌로이와 함께 대학원도 가고, 각자 원하는 회사에 취업하고, 엄마에게 말해 좀 더 좋은 아파트로 옮기고, 해마다 멋진 휴가 계획을 짜고, 어느 시점에는 각자의 고향보다 뉴욕이 더 편해지고……. 그렇게 막연하지만 끌로이와는 영원히 같이 갈 거로 생각했었다. 하지만 그런 미래는 멘도 때문에 도미노처럼 한순간에 허망하게 무너져 버렸다.

❣

그날 밤 지유는 최대한 평정을 유지하며 낮에 멘도에게

들은 얘기를 꺼냈다. 그리고 여러 가지를 알게 되었다. 우선 끌로이는 지유를 좋은 친구이자 룸메이트로 생각하고 있었다. 그 말을 의심하진 않았지만 지유는 형용할 수 없는 서운함을 느꼈다. 게다가 자신과 한마디 상의도 없이 휴학 신청을 했다는 걸 알게 됐을 때는 충격을 받았다. 끌로이는 당분간 돈을 벌 생각을 하고 있었다. 지유의 예상과는 달리 두 사람이 함께 살 집을 구하자는 아이디어를 낸 사람은 멘도가 아니라 끌로이였다. 끌로이는 멘도가 동료들과 함께 쓰는 숙소에서 지내길 힘들어한다고 안타까워했고, 그가 자리 잡는 걸 돕고 싶어 했다. 결과적으로 졸업이 늦어지는 것에 대해서는 어이없을 정도로 문제의식이 없었다. 오히려 사랑에 빠지면서 생긴 새로운 계획과 바람이 끌로이를 엄청나게 들뜨게 하는 것 같았다. 놀랍게도 그 모든 어리석고 비이성적인 계획 속에 두 사람의 결혼은 포함되어 있지 않았다.

지유는 끌로이를 도저히 이해할 수 없었다. 잘 안다고 생각했지만, 더는 자기가 알던 사람이 아닌 것 같았다. 짐작대로 멘도는 빈털터리에 가까웠다. 사회적 보호망 밖에서 온갖 위험에 노출된 채 세금도 제대로 안 내고 기생충처럼 하루살이 인생을 사는 남자. 과연 외모만 번드르르하지 아무것도 없는 남자가, 게다가 나이도 열 살 넘게 차이 나는 남자가, 끌로이의 젊음과 아름다움, 나아가 미래를 희생할 가치가 있을까.

지유는 점점 불안해지는 자신을 의식하고 있었다. 이젠 그날 B-플랫에 가지 않았더라면 얼마나 좋았을까 같은 부질없는 가정에서 그만 벗어나야 한다는 생각이 들었다. 지유는 자신이 제삼자가 되어 버린 상황이 비참하면서도 끌로이가 불장난하는 아이 같아 걱정되었다. 처음 만난 순간부터 그 둘을 지켜본 사람으로서 지유는 책임을 느꼈다.

4

홀릭 타투

지유는 홀릭 타투 앞을 서성이고 있었다. 며칠 전 끌로이를 닮은 여자애를 만났던 날, 그 애가 들어간 곳이었다. 그날의 잔상은 지유의 머릿속을 떠나지 않았다. 그 애를 꼭 다시 보고 싶었다. 하지만 어떻게 만나야 할지 난감했다. 찾아가야 할 곳이 타투 숍이기 때문이었다.

　상담만 하고 나오는 것도 가능은 할 터였다. 문제는 그럴 넉살이 있느냐였다. 사실 마음 한구석에는 문신을 해 보고 싶기도 했지만 용기가 나지 않았다. 몸 어디에 어떤 문양의 문신을 할 것인가도 논문 주제를 잡는 것만큼이나 고민스러운 일이었다. 병원에 누워 있는 엄마를 생각하면 몹쓸 생각 같기도 했다. 그러다가도 끌로이와 멘도의 몸에 새겨진 각자의 이니셜을 떠올리면 이상하게 하고 싶어졌다. 밤새 인터넷을 헤매며 이미지를 찾았지만 결정을 내릴수 없었다. 문신을 하겠다는 아이디어 자체가 미친 짓 같았다.

그러다 불현듯 아이디어가 떠오른 건 지하철을 타고 병원으로 가고 있을 때였다. 지유는 가방 위에 올려놓은 두손을 물끄러미 바라보다 벌떡 자리에서 일어났다. 이어 다음 정거장에서 반대편 전동차로 갈아타고 홍대입구역까지갔다. 그 여자애를 처음 보았던 편의점으로 가기 위해서였다. 편의점에서부터 기억을 더듬어 숍까지 걸어가는 건 어렵지 않았다. 숍은 먹자골목에서 멀지 않은 후미진 골목에있었다. '홀릭 타투.' 간판에 쓰인 네 글자를 보자 반가운마음이 들었다. 마치 새로운 세계로 들어가는 비밀 출입구의 표지판 같았다. 조심스레 문을 열고 안으로 들어갔다.

거기에 그 애가 있었다. 그것도 혼자. 음악 소리에 맞춰꼰 다리를 까닥까닥하면서 책을 읽고 있던 그 애는 휙 고개를 돌리더니 지유를 보고 웃었다.

"어서 오세요."

굵은 웨이브의 숱 많은 긴 머리, 조그마한 얼굴, 양 볼에 가득한 주근깨, 커다란 눈, 그리고 끝이 뾰족한 앙증맞은 코. 지유는 그날 자신이 잘못 본 게 아님을 확인했다. 그 애는 멍하니 자신을 쳐다보는 손님에게 물었다.

"혹시 사장님 찾아오셨어요? 오늘 사장님 쉬시는 날인데……."

"아, 아니요."

"그럼 시술받으시려고요?"

"……네."

기어들어 가는 목소리로 지유가 대답했다.

"DM으로 예약 안 하셨죠?"

"네."

그 애는 씩 웃으며 말했다.

"타투 처음이시구나."

그러고는 테이블 위에 어지럽게 놓여 있던 머그들의 손잡이를 두 손에 나눠 쥐고 재빨리 안쪽으로 사라졌다 돌아오더니 지유에게 앉으라는 시늉을 했다. 한 권으로 끝내는 여행 영어. 지유는 그 애가 읽다가 테이블에 엎어 놓은 책 제목을 재빨리 훔쳐보았다. 두 사람은 테이블을 사이에 두고 마주 앉았다.

멀리서 봤을 때보다 훨씬 앳되어 보이는 얼굴이었다. 스무 살이 안 됐다고 해도 믿길 정도였다. 깡마른 몸에 딱 달라붙은 스판 셔츠엔 까만 브래지어 자국이 선명했고, 바랜 데님 팬츠는 무릎과 허벅지에 두 군데씩 네 군데나 찢어져 있었다. 손톱에는 형광 핑크 매니큐어가 매끈하게 발려 있었다.

"결정은 하고 오셨어요? 아니면 저희가 가지고 있는 도안을 좀 보여드릴까요?"

"저는…… 실반지요. 왼쪽 검지에."

지유는 쭈뼛쭈뼛하면서 그 손가락에 하고 있던 14K 링반지를 뺐다. 엄마가 처녀 때부터 끼다가 지유가 유학 갈 때 물려준 반지였다. 어차피 늘 끼고 있으니 문신을 한대도 눈에 띄지 않을 테고, 설령 엄마에게 들킨다 해도 그 반지를 영원히 새기고 싶어서 한 거라고 하면 이해해 줄지도 모를 일이었다.

"음, 그럼, 라인을 반지 위치가 아니라 마디 중간에 하면 어떨까요? 그것도 예쁜데."

지유는 고개를 저었다.

"그래도 이왕 하는 건데. 다른 건 전혀 관심 없으세요? 손가락엔 오너먼트 문양도 예뻐요."

그 애는 아이패드를 켜서 화면을 빠르게 넘기다 멈추고는 자신이 말하는 문양을 손가락으로 가리켰다.

"우리 엄마 기절해요."

지유가 대답하자 그 애는 까르르 웃으며 고개를 끄덕였다.

"손님처럼 부모님 걱정하는 분들이 있긴 해요. 근데 정답은 '선타투 후뚜맞'이야."

"그게 뭔데요?"

"먼저 하고 나중에 두들겨 맞으면 된다고요. 허락보다는 용서가 쉬운 법이니까요."

또 까르르 웃음이 터졌다. 그리고 불쑥 물었다.

"언니, 외국에서 살다 왔죠?"

"네?"

"아, 근데 언니……, 맞죠?"

한쪽 눈을 찡긋하며 그 애는 앙증맞게 웃었다. 지유는 어깨를 으쓱해 보였다.

"거봐. 살다 온 거 맞다니까."

흡족한 목소리로 그 애가 말했다.

"내 얼굴에 그렇게 쓰여 있어요?"

"네. 아기 때 얼굴이 그대로 그려지는 손님들이 있거든요. 한국에서만 산 사람들은 그런 얼굴 별로 없어."

글쎄, 그건 외국 체류 경험과는 상관없지 않을까. 지유는 화장을 안 한 자기 얼굴이 아기 같은 피부와 약간 처진

눈 때문에 순진해 보이는 인상을 준다는 걸 알고 있었다. 그런 선입견이 주는 장단점도.

"오래 살진 않았어요. 한 오 년?"

"미국이요?"

"네. 미국."

"와, 그러면 언니 영어 잘하겠다. 난 영어 잘하는 사람이 젤로 부럽던데."

그 애는 쉬는 시간이 되어 짝꿍과 별렀던 수다를 떠는 중학생처럼 쉴 새 없이 재잘거리며 웃었다. 참 밝구나……. 지유는 자신을 짓누르던 무거운 기분이 조금 나아지는 느낌이 들었다. 끌로이처럼 초면인 사람과 스스럼없이 잡담을 나눌 수 있는 게 부럽기도 했다.

그 애는 자기 팔목에 새겨진 나비가 생애 첫 타투가 된 사연을 시작으로 며칠 전에 겪은 진상 손님까지 쉬지 않고 떠들었다. 듣다 보니 모든 이야기의 발단이 남자인 게 재밌다는 생각이 들었다. 지유가 물었다.

"그럼, 문신 안 하는 남자를 만나면 문제가 없지 않을까요?"

"에이, 타투 없는 남자는 소금 안 넣은 곰탕 국물 같아서 안 만나요."

지유는 처음으로 웃음을 터뜨렸다.

찬찬히 실내를 둘러보았다. 좁긴 해도 밖에서 상상했던 것만큼 음침한 분위기는 아니었다. 한쪽은 시술을 위한 공간인 것 같았는데, 벽에 달린 선반 위엔 색색의 잉크병들이 빼곡했다. 나란히 놓인 간이침대와 시술용 의자 양옆에는 가운데가 뻥 뚫린 둥근 스탠드 조명이, 그리고 그사이에는 기계 장비가 놓여 있었다. 반대편 구석에는 기다란 책상에 컴퓨터와 프린터가 있었고, 중앙에는 커피 테이블과 소파가 있었다. 한쪽 벽에는 데이비드 보위의 포스터와 다양한 레코드 앨범 사진들이 걸려 있었다. 사장이 식물을 좋아하는 모양인지 구석구석 화분도 많았다.

그 애는 두 가지 굵기의 선이 그려진 종이를 만들어 얇은 선부터 지유의 손가락에 감쌌다. 금세 잉크 자국이 반지 모양으로 묻어났다. 지유가 멋쩍은 미소를 지으며 손가락을 펴 보이자 그 애는 고개를 끄덕이며 말했다.

"어울려요. 좀 더 굵은 라인은 어떤지 볼까요?"

이번에는 더 선명한 선으로 검은 반지가 그려졌다. 지유가 앞뒤로 손을 뒤집어 보였다.

"아, 난 이런 손 너무 좋아."

"나 손 별로 안 예쁜데……."

"아기 손이잖아요. 정말 귀하게 자란 사람 손. 난 이런 손 보면 그냥 좋거든요. 내 손은 벌써 늙었어."

그 말을 들어서인지 몰라도 그 애의 손은 살집 없이 두드러진 뼈마디가 어딘지 모르게 성마른 느낌을 주었다. 지유는 대꾸할 만한 마땅한 말이 떠오르지 않아 어색하게 입술만 달싹였다. 그 애가 물었다.

"가는 선으로?"

지유가 고개를 끄덕였다.

"그럴 줄 알았어요. 자, 그럼 해 볼까요? 간단한 거니까 오래 걸리진 않을 거예요."

자리를 옮겨 시술용 의자에 앉았다. 잔뜩 긴장한 얼굴로 크게 심호흡을 하자 그 애가 웃었다.

"겁낼 거 없어요. 금방 끝나요. 손가락, 손등, 발등 같은 데가 다른 데보다 더 아프긴 한데 못 견딜 정도는 아닐 거예요."

끝에 바늘이 달린 굵은 펜 모양의 타투 머신을 쥔 여자애의 손이 능숙하게 움직이기 시작했다. 바늘이 살에 닿을 때마다 날카로운 통증이 느껴졌다. 통증의 강도는 바늘에 힘을 준 정도와 속도에 따라 미세하게 달라졌다. 중간중간 수건으로 작업 중인 표면을 닦아 낼 때마다 선의 윤곽은 점점 선명해졌다.

금세 작업이 끝났다. 하루 이틀은 가급적 물이 안 닿게 조심하고 연고를 바르라는 등 몇 가지 주의사항이 이어졌다. 지유는 자신의 검지에 새겨진 검은 선이 신기해서 계속 쳐다보았다. 그 애가 말했다.

"언니, 이건 타투도 아니야. 다음에 제대로 된 거 안 해 볼래요? 나랑요. 우리 사장님은 블랙앤그레이 타투 전문이라 언니랑은 취향이 안 맞을 거예요."

대답 대신 지유가 물었다.

"문신 많아요?"

나한테 하는 질문이냐고 되묻듯이 그 애는 검지손가락으로 자기 몸통을 가리켰다.

"거기 팔목 말고는 없는 것 같아서……"

"쇄골 아래에 하나가 있고 치골 쪽에도 있어요. 이래 봬도 난 절대로 충동 타투는 안 해요. 이 나이에 기특하죠? 내 꿈은 온몸이 멋진 타투로 뒤덮인 모습으로 죽는 거예요. 백 살까지 산다고 치면 앞으로 작품을 완성할 시간은 많죠. 그러니까 허투루 아무거나 새기면 안 돼."

꿈꾸는 듯한 얼굴로 그 애가 말했다. 어떻게 저런 생각을 할 수 있을까. 치기 어린 허풍에 불과하다고 해도 굉장하다는 생각이 들었다. 방금 한 자기의 반지 문신이 시시해 보이겠다 싶기도 했다.

"내 타투 보고 싶어요?"

대답이 없자 다시 물었다.

"내 타투 보여 줄까요?"

지유가 뭐라고 대답을 하기도 전에 그 애는 벌떡 일어나 더니 혹시 모르니까, 하면서 출입구로 갔다. 딸깍 문이 잠기는 소리가 들렸다. 돌아선 그 애가 지유와 눈을 맞추며 윙크했다. 왠지 모르게 달라진 공기에 지유는 헛기침이 나 왔다.

그 애가 타이트한 셔츠를 벗자 순식간에 속옷만 입은 상 체가 모습을 드러냈다. 마른 체형임에도 깊숙이 파인 쇄골 과 의외로 봉긋한 가슴이 꽤 육감적으로 느껴지는 몸이었 다. 왼쪽 쇄골 아래 브래지어 컵 위로 귀여운 강아지 한 마 리가 새겨져 있었다.

"내가 그린 우리 솜이에요. 털이 솜처럼 몽실몽실 얼마 나 탐스럽고 부드러웠는지 몰라. 내가 중학교 때 무지개 다리를 건넜는데, 그때 정말 눈꺼풀이 부르트도록 울었어 요."

그 애는 이어 청바지 벨트를 풀었다. 까만 티팬티를 조금 내리자 치골 위 왼쪽 비키니 라인 안에 새겨진 문신이 드러났다. 똬리를 튼 뱀이 혀를 날름 내민 모습이었다. 지유가 자기도 모르게 헉, 하고 진저리를 치자 그 애가 웃었다.

"징그러워요? 이건 나한테 아주 의미 있는 타투예요. 앞으로 기회가 되면 사연을 얘기해 줄게요."

청바지 벨트를 다시 조이며 그 애는 손님에게 자기 타투를 보여 준 건 처음이라고 말했다. 문득 지유는 그 애가 줄곧 문신이라는 단어를 타투라고 말하고 있다는 걸 깨달았다.

"언니도 천천히 생각해 봐요. 다음에 어떤 타투 할지."

지유는 어정쩡한 미소로 대답을 대신하고 자리에서 일어났다.

"언니가 오늘 첫 손님이었는데, 참 즐거웠어요."

지유는 자기도 즐거웠다고 말하고 싶었지만 카드를 건네는 손이 먼저 나갔다.

"현금 없어요?"

"왜요?"

"에이, 다 알면서."

지유가 지갑을 뒤져 만 원짜리를 모두 꺼내 세어 건네자, 그 애는 고맙다는 말과 함께 꼭 다시 오라고 힘주어 말했다.

"언니 이름 물어봐도 돼요?"

"이지유요."

"이. 지. 유. 이름 너무 예쁘다."

고맙다고 말하고 숍을 나서려는데 그 애가 언니, 하고 지유를 불러 세웠다.

"내 이름은 미지예요. 다음에 오면 기억하는지 물어볼 거예요."

"그래요."

"꼭 저랑 작업하는 거예요. 약속!"

그 애는 눈을 찡끗하며 새끼손가락을 거는 시늉을 해 보였다. 그리고 자기는 아직 명함이 없다며 사장 명함에 이름과 휴대폰 번호를 적어 건넸다.

"예약하고 오늘처럼 사장님 안 나오는 날 와요. 내가 싸게 해 줄게요. 우리 사장님은 절대 디스카운트 없어. 자기가 무슨 예술가인 줄 알거든."

이어 비밀을 말하는 것처럼 목소리를 낮추고 속삭였다.

"이 건물 우리 사장님 아버지 거예요. 배가 부른 거지."

지유가 피식 웃어 보이자 다시 한번 "꼭 오기로 우리 약속한 거예요"라고 말했다. 홀릭 타투를 나와 걷는 동안 지유는 문가에 서서 자신의 뒷모습을 지켜보는 그 애의 눈길을 느낄 수 있었다.

❧

오늘 엄마가 중환자실로 옮겨졌어. 체온이 40도 이상으로 오르고 쇼크가 와서 낮에 난리가 났었던 모양이야. 방사선 치료 부작용을 가장 걱정했는데, 결국 면역력 저하로 바이러스에 감염된 거래. 다행히 삼촌과 금방 연락이 닿아서 문제는 없었다는데, 간호사 말로는 엄마가 혼수상태에서 내 이름을 애타게 불렀대. 하필이면 오늘, 처음으로 병원을 안 간 날, 이런 일이 생기다니. 삼촌에게 오늘 못 갔다고 대답하는데 얼마나 죄책감이 들었는지 몰라. 정말 엄마가 잘못되면 어떡하지?

나 오늘 문신했어. 난생처음으로. 놀랍지? 내겐 엄청난 사건인 셈이지. 하지만 엄마가 사경을 헤매고 있을 때, 나는 그딴 짓이나 하고 있었다니……. 오늘 일이 자꾸 엄마가 내게 벌을 내린 것처럼 느껴져.

정말이지 오늘 밤은 내가 싫어.

견딜 수 없을 정도로.

언젠가 너는 그런 말을 한 적이 있어.

"나는 말이야. 내가 꽤 마음에 들어."

그 말을 잊을 수가 없어. 그때 내가 느꼈던 서늘한 부러움도. 나는 나에 대해서 한 번도 그렇게 느낀 적이 없거든.

너는 매사에 긍정을 찾아내는 사람이었어. 도미노 게임의 유래를 얘기해 줬을 때도 그랬어. 기억나? 도미노 게임은 2차 대전에 참전했던 한 영국 장교가 만든 게임이라고 했던 거. 그 장교는 한 나라가 적에게 점령되면 인근 국가도 차례로 점령된다는 데 착안해 도미노 게임을 만들었다고, 결국 불행은 빠른 속도로 전파된다는 얘기니까 참 씁쓸하지 않냐고 내가 말했지. 그랬더니 네가 뭐랬는지 알아?

"글쎄, 우리가 모두 연결되어 있다는 메타포로도 볼 수 있지 않을까? 그렇다면 멋진 게임 아냐?"

그런 너를 닮고 싶었어. 지금 네가 내 옆에 있다면 얼마나 좋을까. 그럼 내 상황이 이렇게까지 절망적으로 느껴지진 않을 텐데…….

❣

삼 일이 지나 엄마는 중환자실에서 일반 병실로 옮겨졌다. 하지만 환자의 체력이 약해졌다는 이유로 수술은 잠정 보류되었다. 이제 엄마는 의식이 있어도 긴 대화를 나누지 못했다. 지유는 대부분의 시간을 침대맡에 앉아 멍하니 엄마의 얼굴을 바라보며 보냈다. 몇 년치를 미리 몰아서 봐두는 게 될지도 모른다고 생각하면 왈칵 눈물이 쏟아졌다. 낯설게 변해 버린 얼굴로 누워 있는 이 사람은 어쩌면 진짜 엄마가 아닐지도 모른다고 믿고 싶었다. 이젠 많은 걸 바라지도 않았다. 그저 엄마가 집으로 돌아갈 수만 있다면, 자신에게 잔소리를 할 수 있을 정도의 체력만 된다면, 더 바랄 게 없었다.

이 주 뒤 지유는 다시 홀릭 타투를 찾았다. 막상 그곳에 도착하자 거기에 온 이유가 타투가 하고 싶어서인지, 아니면 미지를 다시 만나고 싶어서인지 모르겠다는 생각이 들었다. 지유를 보자마자 미지는 잃어버린 친구를 찾은 것처럼 반가워하며 다짜고짜 자기 이름을 기억하느냐고 물었다.

"미지 씨 이름 당연히 기억하죠."

"틀렸어요. 미지 씨 아니고 미지예요."

지유는 쑥스러워하며 전날 카톡으로 보낸 스케치를 내밀었다. 미지는 컴퓨터 화면으로 보자며 자리에서 일어났다.

"두 가지로 작업해 봤어요. 첫 번째는 언니가 보내 준 그대로 작업한 거고, 두 번째는 내 나름대로 양쪽으로 추가 문양을 넣어 본 거예요."

지유는 말없이 첫 번째 도안을 가리켰다. 미지는 아쉬운 듯이 입을 쩝 다셨다.

"근데 이게 뭐예요? 리본?"

"뫼비우스의 띠예요. 무한대 기호라고 봐도 되고."

"그러면 이 자잘한 사각 문양은 뭐? 성냥갑?"

"아니, 도미노예요. 그러니까 도미노로 이어진 뫼비우스의 띠죠."

"무슨 의미인데요?"

"글쎄요……. 고민 중이에요."

전사 작업은 지난번과는 비교가 안 될 정도로 시간이 걸렸다. 지유는 가슴 아래 배꼽 가까이, 잘 보이지만 자기만 볼 수 있는 부위에 타투를 새기고 싶다고 말했다. 미지는 도미노 하나하나를 살리려면 전체 크기를 조금만 더 키우자고 지유를 설득했다. 그리고 손과 눈이 바쁜 와중에도 쉬지 않고 떠들었다. 전화 많이 기다렸다고, 타투 아니라도 연락이 올 줄 알았는데 안 와서 번호를 알아 놓지 않은 걸 후회했다고 했다. 지유는 그 말이 싫지 않으면서도 뭔가를 들켜 버린 것 같아 당황스러워 애써 태연한 표정을 지어야 했다.

전사가 끝나고 문신 모양이 새겨진 상반신을 거울에 비

취 보자 지유는 자신이 갑자기 다른 사람이 된 느낌이 들었다. 대담해지고 특별해진 것 같았다. 미지의 권유대로 크기를 조금 키운 것도 의외로 마음에 쏙 들었다. 이제 이걸 영원히 몸에 새긴다고 생각하자 가슴이 두근거렸다.

휴대폰이 울린 건 간이침대에 막 누웠을 때였다. 삼촌이었다. 지유는 누운 채로 조심스레 전화를 받았다.

"병원 다녀오는 길이에요."

지유가 먼저 입을 뗐다.

"안다."

삼촌은 다른 용건이 있다고 했다. 지금 친구가 대표로 있는 대형 회계법인에서 인턴을 뽑는데, 지원해 보는 게 좋겠다는 얘기였다. 빨리 재학증명서, 성적증명서, 이력서를 준비해서 자기한테 보내라고 했다. 알겠다고 말하고 전화를 끊었지만, 삼촌이 성적증명서를 볼 수도 있다는 생각이 들자 갑자기 머릿속이 복잡해졌다.

한국에 돌아와 병원을 찾았던 첫날이 떠올랐다. 가까스로 의식이 든 엄마는 지유를 보자마자 네 졸업식 때까지 회복을 못 하면 어쩌느냐고 걱정부터 했다. 지유는 가슴을 쓸어내렸다. 논문은 전혀 진전이 없는 상태였다. 졸업은커녕 수료도 요원하다는 걸 엄마가 모르는 게 차라리 다행이라는 생각이 들자, 지유는 예상보다 심각한 엄마의 병세에 안도했다. 그때가 생각나자 죄책감이 들면서 기분이 가라앉기 시작했다. 지금 문신을 하겠다고 누워 있는 자신이 참을 수 없이 한심하게 느껴졌다. 결국 지유는 자리에서 일어났다.

"미안해요. 안 할래요."

영문을 모르겠다는 표정으로 미지는 두 눈을 껌벅였다.

"미안. 급한 연락이 와서. 다음에 해야 할 것 같아요."

미지는 고개를 끄덕이며 말했다.

"그래요. 편하신 대로."

"지금까지 작업한 비용은 낼게요."

그러자 미지는 손사래를 쳤다.

"괜찮아요. 언제 맥주나 한잔 사요."

지유는 알겠다고 말하고 도망치듯 홀릭 타투를 나왔다.

❣

가로수길 외진 골목에 자리한 펍의 문을 열어젖히며 지유는 가벼운 흥분을 느꼈다. 미지를 밖에서 만나는 게 왠지 모험을 감행하는 것 같았기 때문이었다. 맥주나 한잔 사라고 했던 미지의 말은 허투루 한 말이 아니었다. 미지는 맥주 언제 살 거냐는 말을 시작으로 카톡을 보내기 시작했고, 얼마 지나지 않아 두 사람은 하루에도 몇 번씩 톡을 주고받는 사이가 되었다. 늘 톡을 먼저 보내는 사람은 미지였다.

'언니, 오늘 비 많이 온대요.'

'헉. 언니, 나 지금 무슨 실수할 뻔했는지 알아요? 레터링 작업하다 스펠링 하나 빼먹을 뻔. Philosopy가 아니었어. ㅋㅋ'

'언니, 엄마는 좀 어떠세요?'

'언니, 홍어 먹을 줄 알아요?'

매일 주고받는 톡 때문인지 지유는 미지가 오랫동안 알고 지내 온 사람처럼 느껴졌다.

어느 날부터 미지는 매일 비슷한 시간에 전화를 하기 시작했다. 주로 살갑게 떠드는 쪽은 미지였고, 가볍게 응수하거나 웃음을 터뜨리는 쪽은 지유였다. 미지와의 통화는 지유에겐 우울한 일상의 유일한 여흥 같았다. 마치 미지가 끊임없이 재잘대는 재미있는 라디오를 듣는 기분이었다.

"언니, 짜고 치는 고스톱을 어떻게 이겨요."

"뭐든지 먼저 먹는 사람이 임자라니까요."

"원래 누군가에게 쓰는 돈은 딱 마음만큼만 써지는 거죠."

"다 그 밥에 그 나물이에요."

미지는 뻔한 말을 인생의 진리인 듯 정색하고 말했는데, 지유는 그렇게 뻔한 말을 실제 말로 하는 사람을 처음 보았기 때문에 미지의 말이 뻔하게 들리지 않는 거라고 생각했다. 어쨌든 고등학교 친구들을 만나면 어딘지 모르게 비교되고 평가당하는 불편한 느낌이 미지와의 대화에서는 없어서 좋았다. 까르르 웃음소리도 중독성이 있어서 전화를 끊고 나면 그 소리가 여운처럼 남곤 했다.

미지는 잊을 만하면 맥주 언제 살 거냐고 재촉했지만, 지유는 선뜻 그러자고 대답하지 못했다. 타투 숍이라는 공간을 벗어났을 때 둘의 관계가 어떻게 작동할지 확신이 없었기 때문이었다. 그렇게 몇 주가 지나고 드디어 두 사람은 만날 약속을 잡았다.

초저녁인데도 펍은 왁자지껄했다. 안으로 들어가자 정중앙 테이블에서 열심히 두 팔을 흔드는 미지가 보였다.

"내가 먼저 도착할 줄 알았는데."

지유가 인사를 건네며 자리에 앉자 미지가 웃으며 말했다.

"내가 오늘을 얼마나 기다렸는데요."

"나도 서울 와서 이렇게 저녁 약속 잡은 거 처음이야."

미지는 메뉴판을 펼치자마자 자주 와 봤는지 이건 대자로 소스 넉넉히, 저건 소자로 마요네즈 빼고, 하는 식으로 안주 두세 가지와 맥주를 시켰다. 건배를 외치며 부딪힌 두 사람의 유리잔이 창, 하고 크게 소리를 냈다. 어두컴컴한 실내에서 마주한 미지의 눈빛이 형형했다. 타투 숍에서와는 어딘지 달라 보였다. 미지는 지유의 검지손가락에 끼워진 반지를 살짝 밑으로 내리고 그 아래 드러난 검은 선을 손끝으로 쓰다듬었다.

"귀엽다. 맘에 들어요?"

"응."

"그래서 그 타투는 언제 할 건데?"

"아직 모르겠어."

"그래요. 급할 건 없으니까."

미지는 미소를 머금고 눈을 내리깐 채 계속 지유의 손가락을 어루만졌다.

"있잖아요. 난 언니 왜 좋아졌는지 알아요?"

"왜?"

"귀티 나서."

안주를 헤집어 가장 큼직한 고기를 골라 입으로 집어넣

으며 미지가 말했다.

미지는 전날 통화에서 못다 한 전 남자친구 이야기를 꺼냈다. 중학교 때부터 지금까지 사귄 남자 중에 제일 나쁜 놈이었다고 했다. 이제는 그런 부류의 남자들을 정확히 알 것 같은데, 옆 가게 도넛 집 주인 언니와 바람을 피우는 근처 카페 사장이 바로 그런 부류라고 했다. 그 바보 같은 언니는 유부남의 빤히 보이는 수를 읽지 못해서 안타깝다고, 그래도 가끔 몰래 숍을 비울 때 무슨 일 생기면 연락 달라고 부탁할 수 있어서 좋다고 했다. 말없이 듣던 지유가 처음으로 말을 보탰다.

"여자들은 왜 그렇게 어리석을까? 내 제일 친한 친구도 그랬어. 얼굴만 반반하지, 별 볼 일 없는 남자였는데. 질도 안 좋고."

"세상에."

미지는 대번에 맞장구부터 쳤다.

"제삼자의 눈에는 얼마나 말이 안 되는 관계인지 똑똑히 보이는데 당사자는 추호도 의심하지 않을 때, 얼마나 답답한지 알아?"

"알죠. 알죠. 그래서 연애할 땐 절대 몰래 하면 안 돼. 친구들한테 죄다 얘기해야 해. 그래야 그 남자를 객관적으로 볼 수 있다니까요."

"그 남자가 얼마나 한심하냐면 휴대폰 살 여유도 없는 남자였어. 그런데도 내 친구는 그 남자에게 모든 걸 바칠 생각을 하더라고."

"원래 여자 등골 빼먹는 데 타고난 재주가 있는 남자들이 있죠. 그런 남자들은 웬만한 여자가 못 당해요."

미지의 말이 이상하게도 위로가 되었다. 지유는 통화를 하면서 느꼈던 친근감이 밖에서 만나서도 다르지 않다는 데 안도했다. 하지만 남의 등골 빼먹는 재주로 치자면 그런 남자들이라도 우리 엄마는 못 당할 거라는 미지의 말은 당황스러웠다. 미지 말로는 자기는 엄마의 여러 나쁜 점 중에서도 욱하는 성질을 제일 많이 닮았다고 했다.

"말도 마요. 나 술만 먹으면 욱하고 사고 쳐서 엄마 속 많이 썩였거든요. 우리 엄만 내가 중학교 때부터 술 담배 하는 걸 알면서도 뭐라고 하질 않았어요. 자기도 개판인데 무슨 자격으로 나무라냐면서. 엄마라는 사람이, 참 기가 막혀서. 나한테 온갖 추한 꼴을 보인 걸 자기도 알긴 알았던 모양이에요. 솔직히 어릴 땐 엄마가 미워서 죽어 버렸으면 좋겠다고 생각했어요. 그런데 이상하죠? 지금은 엄마한테 효도하고 싶어 돈 벌어요."

미지는 어떤 얘기든 자기 검열 같은 건 없어 보였다. 덕분에 얘기를 듣고 있으면 한 명 한 명이 눈앞에서 살아 움직이는 것 같았다.

지유가 계속 듣고만 있자 미지는 이번에는 언니가 미국 얘기를 좀 해 보라고 채근했다.

"비슷해, 거기도. 인종이 다양한 거 빼곤."

지유는 끌로이에 대해 말할까 망설이다 엄마가 입원해서 갑자기 들어왔다고, 한 학기 휴학을 해야 할지 고민이라고 말했다. 미지는 근심 어린 얼굴로 엄마의 병세를 자세히 물었다. 지유는 전날 의사와 한 면담을 시작으로 엄마가 처음 발병했던 중학교 때로 거슬러 올라가 한참을 이야기했다.

"그때도 지금도 우리 엄만 내가 공부 잘하는 걸 제일 행복해했어."

갑자기 북받쳐 오르는 죄책감 때문에 지유는 더 말을 잇지 못했다. 미지도 생각에 잠긴 듯 아무 말이 없었다.

"언니 얘기 듣고 있자니 우리 엄마 참 불쌍하다. 나 언니한테 거짓말한 거 있어요."

"뭐?"

"나 고등학교 자퇴한 게 아니라 퇴학당했어요. 하지만 검정고시는 거짓말 아니야."

미지는 지금도 생각하면 부아가 치민다고 했다.

"아주 나쁜 계집애였어요. 나를 무시했거든. 싸우다 나도 모르게 돌로 걔 머리를 찍었어요. 아, 그렇게 쇼크 먹은 얼굴 하지 마. 그 계집애가 죽을 것처럼 호들갑을 떨어서 그렇지 크게 다친 것도 아니었어."

하지만 무서웠다고 했다. 자기 자신이 무섭다고 느낀 건 그때가 처음이었다고 했다. 지유는 서늘한 결기가 느껴지는 미지의 얼굴이 낯설게 느껴졌다. 앙증맞은 참새가 갑자기 날카로운 부리를 가진 맹금으로 변한 것 같았다. 한편으로는 그런 격렬한 증오를 분출할 수 있는 배짱이 있다는 게 부럽기도 했다. 이성이 제어 못 하는 분노가 표출될 때의 기분이란 어떤 걸까. 그 일을 후회하느냐고 물어보고 싶었다.

착잡한 마음으로 지유가 이런저런 생각에 잠겨 있는데, 머리가 희끗희끗한 노파가 테이블로 다가왔다. 노파는 초콜릿을 내밀었다.

"안 사요."

꿈쩍도 안 하고 옆에 서 있는 노파가 부담스러워 지유가 마지못해 입을 뗐다. 노파는 먼저 반응을 보인 지유에게 초콜릿을 건넸다.

"아가씨, 2천 원."

비굴해 보이는 불쾌한 미소였다. 뉴욕에서도 함께 길을 걸어가면 거지나 노숙자는 꼭 끌로이가 아닌 지유에게 돈을 달라거나 시비를 걸었다.

"안 산다고요!"

왠지 얕보인 느낌이 들어서 지유는 언성을 높였다. 재미있다는 듯이 두 사람을 지켜보던 미지가 지갑에서 2천 원을 꺼냈다가 도로 집어넣고 5천 원짜리를 꺼내 노파에게 건넸다. 노파가 반색하며 초콜릿 하나를 더 주려 하자 미지는 손사래를 치며 어서 다른 테이블로 가 보라고 손짓했다.

"그걸 왜 사?"

지유가 짜증을 내자 미지는 "오, 의원데?" 하면서 킥킥댔다.

"그냥. 짠하잖아요. 할매 씨가 애쓰는 게."

"짠하다고 다 사 줘? 이건 비굴하게 돈을 버는 거야. 공정한 상거래가 아니라고."

"언니, 알바해 본 적 있어요?"

지유는 대답하지 않았다. 엄마는 경험을 많이 하는 게 무조건 좋은 건 아니라고, 다 안 해 보고 살아도 상관없다고, 알바할 시간이 있으면 더 값진 일, 이를테면 공부를 하라고 말했다. 지유는 공부가 알바보다 더 값진 일이라는 말에는 동의하지 않았지만, 그렇다고 군이 경험을 위해 알바할 필요까지는 느끼지 못했다.

"어차피 돈 버는 일은 다 비굴해요."

장난스러운 표정을 거두며 미지가 말했다.

"진짜 비굴한 게 뭔지 알아요? 상대 역시 자기만큼 약하다는 걸 뻔히 알면서 그 사람한테 기대는 거예요. 우리 집은 내가 초등학교 때 엄마가 아파트를 말아먹어서 지금 사는 연립주택으로 이사했거든요. 엄마는 아빠와 싸울 때마다 '아파트 다시 사 놓으면 되잖아!' 하면서 오히려 큰소리를 쳤어요. 그렇게 기세등등했던 사람인데, 요즘은 관절염이 심해서 4층에 있는 집까지 한번 걸어 올라갈라치면 얼굴이 샛노래지다 못해 하얘져요. 정말 가관이야. 하도 딱해서 쳐다보면 엄마는 내 눈치를 슬슬 보면서 물어요. '너, 청약했다고 했지?'"

지유는 미지가 하도 실감 나게 흉내를 내서 한 번도 본 적 없는 미지의 엄마가 눈에 그려지는 것 같았다.

"미치겠는 건, 모든 걸 그런 식으로 묻는다는 거예요. '너, 그때 큰집에서 빌린 돈 갚았다고 했던가?' '너, 천 원짜리 몇 개 있니?' '너, 홍삼 먹어 봤니?' 꼭 그렇게. 예전

같으면 '이 계집애야, 새파랗게 젊은 네가 좀 갚아 주면 안
되니?' '다른 집 애들처럼 용돈은 안 주니?' '에미한테 홍
삼 같은 것도 안 사 주니?' 그렇게 물었을 텐데 말이죠."

미지는 한숨을 내쉬더니 픽 웃으며 그만 일어나자고 말
했다. 이어 끝까지 자기가 내겠다고 우겨서 계산을 마치고
2차는 언니가 사라고 말했다. 10시 반. 손목시계로 시간을
확인한 지유의 얼굴에 주저하는 표정이 스치자 미지는 다
짜고짜 팔짱을 끼고 앞장서 걷기 시작했다.

"언니한테 어울리는 데로 가요."

결국 두 사람은 근처 와인바에 자리 잡았다. 지유는 미
지가 와인 한 병 말고도 과하다 싶게 안주를 주문하는 걸
내버려 두었다. 그리고 홀린 듯이 미지가 따라 주는 와인을
다 마셨다.

자정이 다 되어서야 그들은 와인바를 나왔다. 가로등
아래서 보는 미지의 두 눈이 유난히 반짝거렸다.

"언니, 오늘 나 좀 재워 주면 안 돼요? 지금 집에 혼자
라며. 안양 가는 지하철 끊겼어."

"그럼, 택시 타고 가."

"돈 없어요. 아까 맥줏집에서 탈탈."

"카드 내면 되잖아."

"나 카드 없어. 신용불량자거든."

재미있는 농담이라도 한 것처럼 미지는 깔깔댔다. 그게 웃을 일인가 싶었다. 할 수 없이 지유는 지갑을 열었다. 천원짜리 몇 장과 백 달러 지폐 한 장이 보였다. 어쩐다. 그렇다고 카드를 건네기는 내키지 않았다. 미지는 딴청을 피우듯이 가로등에 붙은 광고 전단을 보며 뭐라고 중얼거리고 있었다.

집에 데려간다. 그건 결정하기 쉽지 않은 문제였다. 끌로이한테 그랬던 것처럼 문을 활짝 열어젖혀 안으로 들어오게 할 만한 가치가 있을지 판단이 서지 않았다. 모의가 아니라 실전이라고 생각하라는 엄마의 목소리가 들리는 것 같았다. 무모함은 절대 용납하지 않으면서 실전을 강조했던 엄마의 아이러니. '좋아. 이건 실전이고 오늘 밤 나는 순전히 내 의지로 무모를 감행하는 거다.' 그렇게 생각하자 용기가 났다.

멀리 택시 한 대가 달려오는 게 보였다.

"타자."

"히야!"

미지는 신이 난 아이처럼 자리에서 폴짝폴짝 뛰었다. 미지의 커다란 플라스틱 링 귀걸이가 요란하게 흔들렸다.

❣

　욕실에서 나온 미지는 술이 좀 깼는지 지유와 눈이 마주
치자 아이처럼 배시시 웃었다. 세수한 얼굴이 갓 씻은 복숭
아처럼 말갰다. 지유가 준 티셔츠는 미지의 검은 레이스 팬
티를 아슬아슬하게 가리는 길이었다. 욕실에 들어갈 때 잠
옷 바지도 줬는데 티셔츠만 입고 나온 모양이었다. 미지는
침대에 첨벙 몸을 던지듯 눕더니 크게 기지개를 켰다.

　"아, 좋다. 이불에서 좋은 냄새 나요."

　미지는 자신은 엄마의 침실에서 자겠다는 지유를 끝까
지 말렸다.

　"같이 자요. 친한 언니네 집에 놀러 가서 이렇게 자는 거
진짜 한번 해 보고 싶었단 말이야."

　친한 언니와 오랜 바람. 둘 중 무엇이 마음을 움직였는
지는 모르지만, 지유는 미지의 청을 뿌리치지 못했다.

　"언니네 집 진짜 좋다. 와, 집 안에 엘리베이터 버튼까지
있어. 이거 눌러 놓고 나가면 엘리베이터가 딱 열려 있는
거예요? 우리 엄마 보면 환장하겠네."

　지유는 낡은 계단 손잡이를 붙잡고 힘겹게 걸음을 떼는
미지의 엄마가 떠올라 안쓰러운 마음이 들었다. 미지는 안

마의자부터 그랜드 피아노까지 생전 처음 보는 물건인 양 감탄했고 일일이 가격을 물어본 다음 더 감탄했다.

"와, 와인 냉장고에 와인이 꽉 차 있네요."

"다 오래된 것들이야. 예전엔 엄마가 저녁에 레드와인 한 잔하는 걸 좋아했거든. 아파서 못 마시게 된 지 오래됐어."

미지는 와인 냉장고 앞에 서서 어두운 유리문 안을 멍하니 들여다보았다.

"언니, 여자 형제 있었으면 좋겠다고 생각한 적 없어요?"

"아니. 전혀."

"정말? 난 아닌데…… 남동생하고는 말을 섞어 본 지가 언제였는지 기억도 안 나."

"엄만 항상 그렇게 말했어. 난 너만 있으면 된다고. 난 그게 좋았어. 누군가와 엄마의 애정을 나누는 건 싫을 거 같아."

"아, 나는 우리 엄마 애정 정말 사양하고 싶은데."

한참 만에 두 사람은 나란히 침대에 누웠다. 침대맡 조명을 끄자 사방이 더없이 고요했다. 참 이상한 밤이라고 지유는 생각했다. 이렇게 미지 옆에서 잠을 청하게 되리라곤 생각지도 못했다. 끌로이와 누워 이야기를 나누다 누가 먼저랄 것도 없이 잠들던 밤들이 떠올랐다. 어쩌면 이방인과 친한 친구 사이의 거리는 생각보다 그렇게 먼 거리가 아닐지 모른다. 시간과 추억의 축적이 있어야만 관계가 깊어지는 것도 아닐지 모른다.

'오랜만에 새로운 친구가 생겼어.'

지유는 머릿속으로 끌로이에게 오늘 못 쓴 메일을 쓰기 시작했다. 늘 깨어 있던 시간이라 잠이 오지 않았다. 다만 취기 때문에 머리가 몽롱했다.

"참, 이상해. 난 왜 언니랑 있으면 뭐든 다 얘기하고 싶을까. 언니는, 지금까지 살면서 제일 후회되는 게 뭐예요?"

끌로이. 지유는 끌로이를 떠올렸다. 후회하는 건 아니었다. 다만 후회하게 될까 봐 두려웠다.

"글쎄……. 후회라기보다는 옛날의 어느 시점으로 다시 돌아갈 수 있다면 얼마나 좋을까, 그런 생각은 많이 해."

"나는 아까 얘기했던 헤어진 남친 있죠? 그놈을 사귄 게 제일 후회돼요. 내가 진짜 진짜 좋아했거든. 언니, 누구를 진짜 진짜 좋아해 본 적 있어요?"

"글쎄……."

"난 그때 그 오빠 도와주려고 적금도 깨고 엄마한테 거짓말하고 알바까지 했었어요."

미지는 크게 한숨을 내쉬었다.

"그런데 그날은 정말 하고 싶지 않았거든요. 난 안 좋은 기억이 있어서 차에서 하는 건 딱 질색이거든. 엄마랑 대판 싸우고 나온 날이라 기분도 안 좋았고 종일 두통도 너무 심했고요. 계속 구슬려도 내가 싫다니까 비웃듯이 그랬어요. '야, 너 같은 게 싫은 게 어딨어.' 어느새 우리는 차 안에서 몸싸움을 하고 있었어요. 그놈은 완전히 딴사람이 되어서 본때를 보여 주겠다며 난폭하게 걸레 다루듯 내게 마구 해댔어요. 다시 한번 싫다는 소리를 또 하면 그때는 정말 후회하게 될 거라면서. 그때처럼 비참하긴 처음이었어. 정말 죽고 싶었으니까."

너무 끔찍한 얘기라 듣기 힘들었지만 차마 그만하라고 할 수도 없었다. 이 아이는 어린 나이에 도대체 얼마나 이상한 경험을 많이 한 걸까. 상상만으로도 소름이 끼쳤다. 미지는 남자친구가 사과만 했어도 성폭행으로 신고할 생각은 없었다고 했다.

"끔찍한 경험이었어요. 사과는커녕 오히려 길길이 날뛰며 나를 죽이겠다고 협박했으니까. 그래도 결국 그놈을 감옥에 처넣은 건 잘한 일 같아. 그때 깨달았어요. 약하게 나가면 당하는 거라는 걸. 그리고 결심했어요. 나한테 함부로 하는 사람은 절대 가만두지 않겠다고."

옆으로 고개를 돌려 미지를 바라보았다. 천장을 보고 누워 있는 미지의 눈에선 눈물이 흐르고 있었다.

"그 일이 있고 나서 이 뱀 문신을 했어요. 다시 태어나는 동시에 나는 내가 지킨다는 의미로 말이에요."

지유는 한쪽 팔로 미지를 가만히 토닥여 주었다. 두 사람은 그렇게 정적 속에 몸을 맡긴 채 한참을 누워 있었다. 살포시 잠이 밀려 왔다.

"언니."

"응."

"여자랑 해 본 적 있어요?"

조금의 망설임도 묻어나지 않는 편안한 목소리였다. 그래서였을까. 지유의 귀에 그 질문은 자연스럽게 들렸다. 부력을 받아 물에 뜬 종이처럼 아무런 무게도 느껴지지 않았다.

"아니. 없어."

지유는 끌로이와의 키스를 떠올렸다. 그때의 감각은 아직도 생생했다. 애들 같은 짓이었다면서 킬킬대던 끌로이의 얼굴도 기억났다. 미지는 돌아누운 지유의 몸에 포개지듯 몸을 바짝 갖다 댔다.

"아, 좋다."

미지의 상반신 굴곡이 지유의 등에 생생한 촉각으로 전해졌다. 미지의 체온을 느끼며 지유는 다시 끌로이를 떠올렸다. 너는 내 인생에서 만난 최악의 인간이라고, 다시는 너를 보지 않겠다고 소리치던 그녀의 성난 목소리가 들리는 것만 같았다. 눈가가 젖어 왔다. 아직도 소식이 없는 끌로이가 원망스러웠다. 이렇게 버림받은 느낌으로 살 수는 없을 것 같았다. 보고 싶었다. 단 한마디라도 좋으니 괜찮다는 말을 듣고 싶었다.

미지는 지유의 등골에 얼굴을 파묻고 천천히 비벼대기 시작했다. 이어 등을 보이고 누워 있는 지유가 몸을 돌려 자신과 마주 볼 수 있게 끌어당긴 다음, 오른손으로 지유의 왼손을 잡아 자기 티셔츠 안쪽으로 집어넣었다. 겹친 두 손이 미지의 가슴을 애무하듯 천천히 어루만졌다. 지유는 눈을 감은 채 손바닥에 전해지는 부드러운 맨살의 온기와 단단해진 젖꼭지의 감촉을 느꼈다.

"이렇게 한번 해 보고 싶었어요."

미지는 깊은숨을 내쉬며 서로의 손바닥이 맞닿게 지유의 손가락과 자기 손가락을 갈퀴 모양으로 겹쳐 쥐었다. 지유는 눈을 감은 채 계속 끌로이를 생각하고 있었다. 미지의 입에서 나오는 더운 숨이 코 가까이에 느껴졌다. 눈을 뜨자 왠지 숨이 막힐 듯한 공기가 어색했다. 지유는 장난치듯이 자신의 입술을 미지의 입술에 갖다 대고 크게 쪽 하고 소리를 냈다.

"설마 이렇게도 해 보고 싶은 건 아니지?"

지유는 몸을 벌떡 일으키며 이어 말했다.

"우리 더 마실까?"

❣

방을 나오며 지유는 끌로이 얘기를 털어놓고 싶은 충동을 느꼈다. 미지는 이해해 줄 수 있을지도 모른다는 생각이 들었다. 지유가 뉴욕에서의 일을 이야기한 사람은 아직 아무도 없었다. 아마 엄마가 아프지 않았다면 고해성사하듯 엄마에게 모든 걸 털어놓았을지도 모른다. 갑자기 엄마와 모든 걸 공유하던 시절이 견딜 수 없이 그리웠다.

지유가 와인 냉장고 문을 열고 한참 걸려 한 병을 꺼내자 미지가 다가와 물었다.

"무슨 와인이야?"

"꺼낸 걸 알면 우리 엄마가 기절할 와인."

"헉, 얼마짜린데?"

"글쎄……. 너 한 달 월급 정도?"

재미있는 농담이라도 한 것처럼 지유가 낄낄대자 미지는 얼굴을 찡그렸다.

"언니, 취했구나."

미지 말대로 지유는 평소 주량을 훌쩍 넘긴 상태였다. 지유는 냉장고에서 꺼낸 치즈를 대충 접시에 담아 식탁에 놓고 미지와 마주 앉았다. 평소의 진한 화장과 통통 튀는 말투가 사라진 미지는 이상하게 추레해 보였다. 지유는 미지를 똑바로 보고 싶지 않아서 와인 한 잔을 가지고 입에 대는 둥 마는 둥 하며 딴생각을 했다. 그사이 미지는 순식간에 와인 한 병을 거의 다 비워 버렸다. 대단한 주량이었다.

"언니는 꿈이 뭐야?"

"꿈?"

"응. 꿈."

"글쎄……. 하고 싶은 거 다 하고 사는 거?"

"그럼 이미 꿈을 이룬 사람 아닌가?"

"천만에. 너는 뭔데?"

"나는? 자유로워지는 거. 혈혈단신이 되는 거. 돌아가신 아빠, 살아 있는 엄마, 그리고 잊을 만하면 나타나는 남동생과 영원히 무관해지는 거. 그들이 싸 놓은 똥을 더는 안 치워도 되는 거. 다시는 사채업자한테 시달리지 않는 거."

그 말을 하는 미지의 얼굴에 세상을 다 산 듯한 피로와 낙담이 스쳐 지나갔다. 그 얼굴이 낯설어 지유는 무슨 말을 해야 할지 난감한 기분이 들었다. 다행히 미지는 금세 생기를 되찾았다.

"언니, 난 사실 미대생이 되고 싶었어요. 어릴 때부터 그림 그리는 걸 좋아했거든. 타투를 배우게 된 것도 옛날에 그림 그릴 때가 생각나서였어요. 근데 생각보다 수입이 별로야. 외국에선 돈 많이 번다던데."

지유는 두 번째로 홀릭 타투를 찾았을 때, 미지가 자신이 추가로 디자인 작업을 한 도안을 거절당하자 못내 아쉬워했던 게 기억났다.

"참, 언니. 여행 작가라는 직업이 있는 거 알아요? 언젠가 잡지에서 봤는데요. 어떤 여자는 평범한 회사원이었는데, 블로그에 여행기를 올리다 잘 돼서 책까지 내고 나중엔 아예 여행 작가로 전업했대요. 그러니까 세계를 여행하는 게 직업인 거야. 환상 아니에요?"

"글쎄, 늘 돌아다니는 게 일이면 피곤하겠다."

"난 누가 나한테 꿈이 뭐냐고 물으면 여행 작가라고 할까 봐. 꿈인데 뭐 어때."

"꿈인데 뭐 어때라니. 불가능한 것도 아니잖아. 그쪽에 관심 있으면 사이버 대학 같은 데 다녀 보는 건 어때? 관광학과나 그런데."

"에이, 대학은 무슨 대학. 나 공부 싫어해."

지유는 사람들이 특정 직업에 대해 갖는 환상이 우스웠다. 세상엔 그저 누구나 할 수 있는 일과 그렇지 않은 일이 있을 뿐 아닐까. 물론 이 아이가 여행 작가가 되는 게 불가능한 꿈은 아닐 것이다. 의지가 있고 운이 따라 준다면 못할 이유도 없겠지. 하지만 진짜 그럴까. 세상엔 애초부터 실패가 예견된 일들이 있지 않을까. 그러니까 잘될 거로 생각하는 자체가 착각이고 욕심인 일들 말이다.

미지는 일어나 와인 냉장고가 있는 쪽으로 가더니 선반 구석에 놓여 있던 위스키 한 병을 손가락으로 가리켰다. 그러고는 지유를 보며 애교스럽게 웃었다.

"진짜 마시려고? 그 술 거기 있은 지 십 년은 된 것 같은데."

지유의 말이 끝나기도 전에 미지는 능숙한 동작으로 뚜껑을 연 위스키병을 들고 자리로 돌아왔다.

위스키병에 들어 있던 술이 점점 줄어 갔다. 지유가 얼음을 꺼내 오려 하자 미지는 필요 없다고 손사래를 쳤다. 슬슬 지유는 미지가 늘어놓는 남자들 얘기가 지겨워지기 시작했다. 상대의 내밀한 연애사를 일방적으로 듣고만 있는 것도 불편했지만, 지금까지 누군가를 깊게 사귀어 본 적이 없는 지유로서는 딱히 보탤 말이 없었다. 그동안 방학 때마다 서울에 오면 엄마 친구가 주선해 줬다는 소개팅으로 몇몇 남자들을 만나 보긴 했지만 특별히 끌린 사람은 없었다. 나중에야 엄마 친구의 정체가 결혼정보회사라는 걸 알게 되었는데, 크게 반감은 없었다. 외국인이나 교포와의 결혼은 원치 않았기에 애초부터 미국에서 누군가를 만난다는 기대는 하지 않았고, 차라리 서울에서 사전 검증을 거친 남자를 만나는 게 더 낫다는 입장이기 때문이었다. 또 인연을 만나는 때는 따로 있다는 엄마의 말을 믿었기에 남자친구가 없는 게 특별히 아쉽거나 초조하지도 않았다. 끌로이는 그런 지유를 중세 시대 공주님이라고 놀렸지만, 지유는 끌로이야말로 멘도를 만나기 전에도 터무니없는 남자들과 어울리는 게 못마땅했다. 무엇보다 위험천만해 보였다.

미지는 이제는 정말 취했다고 하면서도 다시 발동이 걸린 듯 시작도 끝도 없는 얘기를 계속하고 있었다. 지유가 끌로이에 대해 털어놓고 싶었던 마음은 일찌감치 사라졌다. 점점 미지의 말은 두서가 없어졌고 발음은 뭉개졌다. 너무 취했으니 이제 그만 자자고 몇 번을 얘기해도 "언니, 나 이해하죠?"라는 말만 되풀이할 뿐이었다.

지유는 자리에서 일어나 미지 옆으로 가 앉았다. 적당한 타이밍에 미지를 일으켜 세워 방으로 갈 생각이었다. 미지는 빈 잔에 다시 술을 채우며 말했다.

"남자는 다 개야. 이젠 지긋지긋해."

갑자기 미지의 커다란 눈에 눈물이 글썽글썽 차올랐다.

"차라리 최 사장 아저씨가 제일 나아."

"최 사장 아저씨? 그 사람은 또 누구야. 아저씨라는 걸 보니 나이가 많나 보지?"

"응. 유부남이에요."

"뭐?"

"고등학교 때 만난 아저씨야. 그 아저씬 병신같이 내가 그때 처음이었다고 진짜 믿는 거 같아. 지금도 가끔 만나요."

순간 지유는 자기 귀를 의심했다. 미지는 지유가 입을 다물지 못하는 걸 보며 피식 웃었다.

"그 아저씬 깔끔하지. 만날 때마다 꼭 용돈도 주고."

"뭐?"

"왜?"

"돈을 받는다고?"

"주는데 왜 안 받아?

"그렇다고 받아?

"받으면 어때서, 씨발."

초점 풀린 눈이 영락없는 취객인 미지가 말했다.

그제야 지유는 뭔가로 가격당한 것처럼 술이 확 깨는 것 같았다. 갑자기 타투 숍이 아니라 집에서, 그것도 한밤중에 미지와 식탁에 앉아 있는 자체가 뭔가 단단히 어긋난 상황처럼 느껴졌다. 더구나 방금 자신이 뱉은 말은 아랑곳없이 최근에 만나기 시작했다는 남자 얘기를 늘어놓고 있다니. 지유의 얼굴은 점점 더 굳어졌다. '쓰레기 아니야?' 지유는 거지 같은 재즈 뮤지션들이 득실대는 숙소에서 밤을 보내고 온 끌로이에게 느꼈던 혐오감이 다시 올라오는 것만 같았다. 뭔가가 이상하다고 느꼈는지 미지가 지유의 눈치를 살피며 물었다.

"언니, 왜 그래?"

"너 제정신이니?"

"언니는 몰라. 그 아저씨 덕에 몇 번이나 고비를 넘겼는지."

그 말에 지유는 더 화가 났다.

"네 사생활이니까 할 말은 없지만……. 그래도 그건 아니잖아."

"너무 그러지 말아요. 잘 알지도 못하면서."

고개를 푹 숙인 미지는 더 말이 없었다.

"널 위해 하는 말이야."

"개뿔, 위하긴 무슨."

미지가 코웃음을 쳤다. 지유는 미지가 취해서 말을 함부로 하는 건 이해할 수 있지만 자기 말을 제대로 못 알아듣는 건 참을 수 없었다. 다그치듯 다시 말했다.

"널 위해서 하는 말이라고. 내 말 못 알아들어?"

"미친년, 웃기고 있네."

순간 지유의 손이 매섭게 허공을 가르며 미지의 뺨을 후려쳤다. 마치 반사신경이 자동 반응한 것처럼 의식하기도 전에 튀어나온 행동이었다. 누군가의 뺨을 때린 건 난생처음이었다. 왜 그렇게 강렬한 분노가 치밀었는지 지유 자신도 이해할 수 없었다. 지유는 놀라서 자기도 모르게 두 손으로 얼굴을 감싸 쥐고 거칠게 숨을 몰아쉬었다. 미지는 방금 일어난 일이 이해가 가지 않는다는 듯이 풀어진 눈을 몇 번이나 힘주어 끔벅였다.

"때렸어?"

"미안해."

"때렸냐고?"

지유는 누그러진 목소리로 다시 말했다.

"미안해……. 하지만 네 인생은 네가 책임져야 하는 거야."

미지는 지유를 가만히 쏘아보았다.

"쌍년."

살기 가득한 눈빛에 지유는 더 하려고 했던 말을 잃어버렸다.

"뭐? 책임?"

그 말이 끝나기가 무섭게 미지가 던진 유리잔이 지유의 왼쪽 귓가를 때리고 벽에 부딪히면서 날카로운 파열음을 냈다. 그 후, 그러니까 책임이라는 단어가 미지의 귀에 꽂힌 순간을 기점으로 모든 일은 순식간에 벌어졌다. 미지 안에 엄청난 압으로 눌려 있던 무언가가 뚜껑이 퉁겨지며 폭발해 버린 것 같았다. 미지는 의자에서 일어나 옆에 앉아 있던 지유의 머리채를 잡고 식탁에서 끌어냈다. 의자가 고꾸라지고 지유의 비명이 이어졌다. 미지의 발길질에 반쯤 열려 있던 장식장 유리문이 깨지며 안에 있던 물건들이 바닥으로 쏟아졌다. 미지는 무서운 완력으로 지유의 턱을 들추어 올리고 사납게 다그쳤다.

"감히 나한테 책임을 운운해? 어? 네가? 그놈의 책임 때문에 내가 어떻게 살았는지 알기나 하냐고? 나 무시하는 인간들은 다 죽여 버릴 거야."

지유는 머리채를 잡힌 채 거실 여기저기를 끌려다니며 패대기쳐졌다. 미지의 입에서는 악에 받친 욕들이 쏟아져 나왔다.

"그래, 책임지려고 내가 돈 좀 받았다, 왜? 더럽냐? 이 걸레 같은 넌아."

깡마른 몸 어디에 그 끔찍한 말들이 들어 있었던 걸까. 지금껏 상스러운 욕을 거의 들어 본 적이 없는 지유로서는 미지의 완력보다 독기 가득한 말들에 더 끔찍하게 난자당하는 것 같았다. 미친 듯이 날뛰는 이 사람은 조금 전까지 같이 앉아 있던 미지와 도저히 같은 사람이 아니었다.

"난, 무책임해지지 않으려고 그랬던 거야. 너같이 부모

잘 만난 애들은 내가 우리 엄마 때문에 겪은 일들을 상상도 못 하겠지. 나는 너보다 열 배 백배는 더 그 망할 놈의 책임을 지느라고 죽어라 애쓰며 살았다고. 아까 네가 술집에서 초콜릿 파는 할머니 보고 꼴값을 떨면서 뭐랬지? 공정한 상거래가 아니라고? 그래, 공정 거래가 뭔지 내가 오늘 한번 보여 주지."

한 번도 겪어 보지 못한 광폭하고 날카로운 통증을 동반한 시간이 폭풍처럼 지나갔다. 시야에 보이는 것들이 조각난 동영상처럼 사정없이 흔들리는 동안 지유는 이건 꿈일지도 모른다고 생각했다. 그렇게 한참을 일방적으로 맞다 지유도 정신을 차리고 반항을 하기 시작했다. 이내 두 사람은 서로 뒤엉켜 한참을 뒹굴었다. 지유가 죽을힘을 다해 일어서는 미지의 발목을 붙잡은 순간, 미지는 중심을 잃고 휘청하며 엎어졌고 소파 테이블에 세게 허벅지를 찧었다. 그제야 미지는 바람 빠진 공기인형처럼 동작을 멈추고 기어오르듯 옆에 있는 소파에 올라가 앉았다. 지유는 탈진한 사람처럼 거실 바닥에 대자로 누워 있었다. 천장을 바라보고 있자니 몸에서 모든 게 빠져나가고 허탈감만 남은 느낌이었다. 한참 정적이 흐른 후 지유는 간신히 몸을 일으켜 앉았다. 거실 바닥 한쪽에 함부로 붓질해 놓은 듯한 핏자국이 보였다. 지유의 입에서 원망하듯 중얼거림이 새어 나왔다.

"너를 위해서 한 말이었다고……."

미지는 물끄러미 지유를 바라보다 소파에서 일어나더니 천천히 다가와 앉았다. 마치 한바탕 무언가에 휩쓸렸다가 원래의 모습으로 돌아온 것 같았다. 미지의 눈에 조금씩 눈물이 차올랐다.

"난 언니 진짜 좋았다고……."

그 말이 지유는 이상하게 뭉클했다. 비참함만 남은 미지의 얼굴이 자기 얼굴을 보는 듯했다. 이해할 수 있을 것 같았다. 자신도 그저 끌로이를 좋아했을 뿐이었다. 옆에 있길 원한 것뿐이었다. 소식을 알 길이 없는 이 고문 같은 상황은 도대체 언제쯤 끝이 날까. 지유의 눈에도 눈물이 차올랐다. 미지는 지유의 얼굴을 한참 응시하다 천천히 자기 입술을 지유의 입술에 포개었다. 두 사람이 서로의 입술에 머무는 동안 지유는 끌로이를 생각했다. 그날 밤 그녀의 입에서 묻어나던 아몬드 크래커의 향이 나는 것 같았다. 애들 같은 짓이었다니. 결코 그게 아니었다는 걸 확인하고 싶었다. 끌로이를 느끼고 싶었다. 지유는 불가항력에 순순히 자신을 내주었다. 더는 두렵지 않았다.

❣

벨 소리에 지유는 눈을 떴다. 소파에서 몸을 일으키자 난장판이 되어 있는 거실이 눈에 들어왔다. 순간 어젯밤의 기억이 생생히 소환되면서 기절할 것 같은 기분이 들었다. 다시 벨이 울렸다. 일어나 인터폰 화면을 확인했다. 삼촌이었다. 갑자기 머리털이 곤두서면서 어떻게 해야 할지 판단이 서지 않았다. 벨 소리가 신경질적으로 연이어 울렸다. 어쩔 수 없이 지유는 현관문을 열었다. 그녀를 보자마자 삼촌은 깜짝 놀란 얼굴로 물었다.

"너 왜 그래?"

그제야 지유는 자기의 몰골이 말이 아닐 거라는 데 생각이 미쳤다. 뒤돌아 말없이 거실로 향하며 힐끗 벽 거울을 쳐다보았다. 엉망이 된 머리에 부어오른 얼굴은 지유의 눈에도 흠칫할 정도였다. 지유를 따라 들어온 삼촌은 난장판인 거실을 보고 더 놀란 표정이 되었다.

"도, 도대체 무슨 일이 있었던 거니, 어?"

"어젯밤에 집에 누가 왔다가 싸웠어요."

"뭐? 누구?"

"친구요."

"친구? 어떤 친군데?"

"이번에 와서 알게 된 애예요."

"그럼 잘 알지도 못하는 애잖아."

그는 길게 한숨을 내쉬었다.

"도대체 어떤 애를 집에 들였길래 이 난리가 난 거니?"

"……좋은 앤 줄 알았어요."

삼촌은 얼굴을 찡그리며 엄마 인감이 필요해 출근하는 길에 들렀다고 했다. 안방에 들어갔다 나온 그는 지유를 한번 쳐다보고는 일단 씻고 눈을 좀 붙이라고 말했다. 지유가 머뭇거리며 입을 뗐다.

"삼촌, 엄마한텐……."

"지금 의식도 없는 사람한테 뭘?"

"……네."

삼촌이 떠난 후 지유는 소파에 멍하니 앉아 있었다. 천천히 전날 밤의 기억을 거슬러 올라갔다. 도대체 무슨 일이 일어난 건지 생각할수록 아연해질 뿐이었다. 시간을 되돌릴 수만 있다면 미지가 폭발했던 순간 전으로 돌아가고 싶었다. 분명 미지의 키스에 응할 때 끌렸던 마음은 진심이었다. 하지만 어떻게 그럴 수 있었을까. 지유는 자신의 행동이 믿기지 않았다. 이성이 마비되었던 걸까? 취해서 그랬을까? 아니면 자학의 욕구였을까? 다 기억할 수 있었다. 미지가 이끄는 대로 몸을 맡기고 부끄러움과 쾌감이 뒤엉켜 정신이 혼미해졌던 시간을. 하지만 모든 게 끝나고 정신을 차렸을 때 지유가 느낀 건 수치심이었다. 후회였다.

"난, 처음 만났을 때부터 언니 좋았어."

미지는 어딘지 모르게 편안하고 홀가분해 보였다. 지유는 자기와 눈을 맞추고 아이처럼 배시시 웃는 미지의 얼굴을 참을 수가 없었다. 더구나 미지가 끔찍하게 돌변했던 순간을 떠올리자 이건 말도 안 된다는 생각이 들었다.

"앞으로 우리 자주 보자, 언니."

지유는 아무 말도 하지 않았다.

"언니, 내일 우리 영화 보러 갈까? 나 일찍 끝나는데."

"나는…… 너 다시 보지 않을 거야."

대번에 미지의 얼굴이 굳어졌다.

"왜?"

"넌 끌로이가 아니니까."

"뭐?"

"내가 착각했어."

"끌로이? 그게 뭔데?"

"그런 사람이 있어."

"나 참, 황당하네."

미지는 헛웃음을 지으며 입술을 깨물었다.

"네가 날 폭행한 건 그냥 넘어갈게. 마음먹으면 혼내 줄 수도 있지만."

"뭐라고?"

순간 변해 버린 미지의 눈빛을 보며 지유는 자신이 또다시 돌이킬 수 없는 재생 버튼을 눌렀음을 깨달았다. 하지만 이젠 다시 무슨 일이 벌어진다 해도 담담할 것 같았다. 미지가 코웃음을 치며 말했다.

"실컷 재미 봐 놓고 지금 나를 벌레처럼 보는 그 눈빛은 뭔데?"

지유가 아무 말도 하지 않자 미지는 눈을 부라리며 힘주어 말했다.

"뭐? 마음먹으면 혼내 줄 수도 있다고? 나를 해코지하려는 사람은 가만 안 둬. 절대 가만히 당하지는 않아. 두 배로 갚아 줄 거야."

미지는 씩씩대며 옷을 입자마자 현관문을 쾅 닫고 나가

버렸다. 지유는 따라 나가 현관문 걸쇠를 걸어 잠갔다. 소파에 고꾸라지듯 몸을 눕히자 이제 다 끝났다는 생각에 안도의 한숨이 나왔다. 눈을 감았다. 극도로 피곤했지만 잠은 오지 않았다. 얼마나 지났을까. 살포시 잠이 들었을 때 휴대폰 벨이 울렸다. 망설이다 전화를 받았다. 미지는 울고 있었다.

"어떻게 나한테 그럴 수가 있어?"

"……."

"어? 어떻게 그럴 수가 있냐고? 내가 그렇게 만만해 보였어? 왜 나한테 키스했어? 언니 때문에 나 너무 상처받았어."

지유는 마지막 일 퍼센트의 에너지까지 방전된 것처럼 지쳐 있었다. 제발 그만 모든 게 끝났으면 싶었다.

"미안해."

잠시 후 전화는 뚝, 하고 끊어졌다. 드디어 끝났구나 싶었다. 그제야 지유는 다시 눈을 감았다. 길고도 길었던 밤이었다.

5

안녕, 꿀모이

고소인은 '권미선'이었다. 지유는 미지가 실명이 아니었다는 사실이 고소를 당한 것만큼이나 충격적이어서 고소인과 권미선의 조합이 도무지 현실적으로 느껴지지 않았다. 피해자 권미선의 성추행 신고에 따라 피의자조사를 받는 동안 지유는 사건 장소와 시간대만이 유일하게 미지의 주장과 자신의 진술이 일치한다는 것을 깨달았다.

월요일 새벽, 미지는 눈가가 찢기고 몸에 여러 군데 멍과 상처가 있는 상태로 경찰서를 찾아와 성추행 신고를 했다. 성추행이든 성폭행이든 꼭 고소하고 싶다고, 가해자가 여자라는 게 더 수치스럽다고 했다는 미지의 말을 수사관에게 전해 들었을 때, 지유는 온몸의 피가 빠져나가는 것만 같았다.

처음 경찰서에서 전화를 받은 건 삼촌이 아침에 들렀다 간 날 오후였다. 마침 그날이 일하러 오는 날이었던 도우미 아주머니는 집에 오자마자 엉망이 되어 있는 거실을 보고 호들갑을 떨었고, 계속 구시렁거리며 평소보다 길게 청소를 했다. 지유는 오후 내내 방문을 닫고 침대에 누워 있었다.

처음 전화가 왔을 땐 모르는 번호라 받지 않았다. 하지만 전화는 금세 다시 걸려 왔고, 벨소리는 끈질기게 이어졌다. 처음에는 경찰서 운운하는 상대의 말투가 투박해서 보이스피싱인가 의심했다. 얘기의 맥락을 파악한 건 몇 번을 되묻고 난 후였다. 그제야 지유는 상대가 앞서 언급한 경찰서라는 단어가 무엇을 뜻하는지 이해가 갔다. 통화를 마치자 손이 부들부들 떨려 왔다. 순식간에 머릿속은 뒤죽박죽이 되었고 뭘 어떻게 해야 할지 가늠이 되지 않았다. 한참 머리를 쥐어뜯다 할 수 없이 삼촌에게 전화했다.

"방금 경찰서에서 연락이 왔어요. 그 애가 저를 성추행으로 신고했대요."

놀랐는지 삼촌은 아무 말도 없었다.

"저보고 출석하라는데 어떡해요? 가요?"

"안 돼!"

삼촌이 말했다.

"너 혼자 가면 안 돼. 내가 변호인으로 동석해야 해. 어느 경찰서 누구한테 전화를 받았니?"

"수서 경찰서의 정 뭐라고 했는데, 이름은 기억 안 나요."

"알았어. 지금 당장 사무실로 나와. 경찰서에 전화는 내가 할 테니까."

지유가 알았다고 말하고 전화를 끊으려는데 삼촌이 다시 말했다.

"참, 너 다친 데는 없니? 아침에 보니까 꼴이 엉망이던데. 몸에 상처 있니 없니? 여기 오기 전에 먼저 병원에 들러서 빨리 진단서부터 떼."

출석 준비를 시작할 때만 해도 삼촌은 두 사람 사이에 성적인 뭔가가 있었을 거라고는 상상도 못 하는 눈치였다. 그는 몇 번이나 혀를 차며 말했다.

"참나……. 성추행이라니. 질이 아주 나빠."

"……."

"작년에도 어떤 남자를 성폭행으로 고소한 전력이 있다며?"

그 사건을 고백할 때 미지의 눈에서 흘러내리던 눈물이 생각났다. 사건의 진위를 삼촌에게 잘못 전달한 것 같아 바로잡고 싶었지만, 어떻게 설명해야 할지 엄두가 나지 않았다.

"뻔하지. 남자, 여자 안 가리고 상습적으로 그러는 애일 거야. 합의금 뜯어내려고."

망설이다 지유가 말했다.

"삼촌, 내가 그 애를 만나서 고소 취하해 달라고 설득해 볼까요?"

그러자 삼촌은 고개를 저었다.

"의미 없다. 옛날엔 성범죄가 친고죄에 해당되어서 피해자가 합의해 주면 없던 일이 될 수 있었어. 하지만 이제 법이 바뀌었어. 함부로 만나선 안 돼."

삼촌 말로는 설령 미지가 고소를 취하한다 해도 지유가 피의자조사를 피할 방법은 없다고 했다. 성범죄 고소 사건이 그래서 골치 아프다고. 억울하겠지만 최선을 다해 보자고, 너보다 더 억울한 경우도 많이 봤다고 했다.

하지만 삼촌의 질문이 계속될수록 지유는 점점 주눅이 들었다. 처음엔 변호사가 의뢰인을 대하듯 사무적으로 질문을 던지던 그는 지유가 대답을 하면 할수록 한심한 조카를 대하는 삼촌의 얼굴이 되었다. 지유는 어디까지 얘기하는 게 맞는지 판단이 서지 않았다. 끌로이와의 관계에서 경험했듯이 진실이 꼭 최선의 결과를 가져오는 건 아니었다. 어디까지가 진실이고 진실이 아닌지도 혼란스러웠다. 특히 미지가 자기에게 여자랑 잔 적 있냐고 물었다는 얘기를 하자 삼촌은 심하게 얼굴을 찌푸렸고, 지유는 계속 그 표정이 마음에 남아 불편했다. 삼촌과의 질의응답 연습이 생각보다 길어질수록, 모든 걸 숨김없이 털어놓는 게 최선이라는 생각이 들었다. 결국 지유는 유일하게 말하지 않았던 부분을 털어놓았다.

"사실…… 그 애랑 잤어요. 마지막에."

삼촌은 벌어진 입을 다물지 못했다.

"그 애가 먼저 시작했고 합의하에 한 일이에요."

"뭐? 그러면 네가 동성애자란 말이냐?"

"아직은 잘 모르겠어요. 내가 그런지. 어쨌든 그 애가 주장하는 건 사실이 아니에요."

점점 일그러지는 삼촌의 얼굴을 보며 지유는 그를 동요시키는 감정이 혐오라는 걸 느낄 수 있었다. 잠시 후 그는 냉정을 되찾은 얼굴로 말했다.

"미국 가서 배운 게 겨우 그런 거니?"

그는 출석하려면 하루가 더 남았으니까 돌아가라고, 내

일 다시 얘기하자고 말하며 고개를 돌렸다. 그리고 지유가
방을 나올 때까지 눈을 맞추지 않았다. 지유는 생각했다.
나는 지금 벌을 받는 건지도 모른다고.

❣

　끌로이가 멘도를 만나러 간 날 밤, 지유는 커피를 마시
며 멍하니 TV 뉴스를 보고 있었다. 화면에는 ICE 직원들
이 불법체류자를 체포하는 장면이 나오고 있었다. 트럼프
의 반이민 행정명령 선포 이후 부쩍 자주 나오는 장면이었
다. "지난 주말 미국 전역에서 시행된 단속으로 수백 명이
추방되거나 추방을 앞두고 있습니다." 앵커의 말이 단어
하나하나 정확히 지유의 귀에 들어와 꽂혔다. 불현듯 지유
는 아이디어가 떠올랐고, 이내 뛰는 가슴을 진정시키기 위
해 물 한 컵을 벌컥벌컥 들이마셔야 했다.
　며칠 뒤, 멘도와 연락이 되지 않는다고 하얗게 질려 있
는 끌로이를 볼 때만 해도 말할 생각은 없었다. 끌로이 말
로는 멘도의 동료들도 연락이 안 되고 이틀째 재즈바도 닫
혀 있다고 했다. 예상은 했지만, 너무 괴로워하는 끌로이
의 모습을 보자 지유는 견딜 수가 없었다. 끌로이를 위로

하려는 의도로 시작한 대화였지만, 두 사람의 대화는 곧 다툼으로 이어졌다. 끌로이는 한 번도 보인 적 없는 흥분한 모습으로 주제넘게 함부로 남의 인생을 판단하지 말라고 소리 질렀다. 지유는 진심을 몰라주는 친구가 참을 수 없이 미웠다. 한참 고성이 오갔다. 지유는 정신 차리라고, 불법체류도 음주운전과 마찬가지로 불법이라고, 음주운전이 얼마나 나쁜 건지 아냐고, 차라리 잘 되었다고, 어차피 그는 너를 불행하게 만들 사람이었다고 퍼부어댔다.

끌로이는 어이없다는 표정이었다. 지유가 말을 보태면 보탤수록 끌로이의 얼굴은 굳어졌고 눈빛은 차가워졌다. 급기야 그 얼굴이 노골적으로 경멸을 드러냈을 때, 지유는 자신이 선을 넘었음을, 그리고 끌로이의 마음을 되돌릴 수 없다는 걸 직감했다. 그토록 두려워했던 일이 현실이 된 것이다. 그러자 격양되었던 마음은 절망감으로 바뀌었다. 죽을 힘을 다해 매달린 끈을 붙잡고 있던 손에 힘이 탁 풀리는 느낌이었다. 그래도 끝까지 얘기하지 않을 생각이었다. 하지만 왜 갑자기 마음이 바뀌었던 건지 지금도 지유는 자신을 이해할 수 없었다. 반은 자포자기하는 심정이었고, 반은 이해받지 못한다는 억울함 때문이었던 것 같다. 아니면 끌로이에게 상처를 주고 싶었는지도 모르겠다. 지유는 말했다.

"내가 ICE에 전화를 걸었어."

"뭐?"

"이민국 말이야. 믿기지 않을 정도로 간단했어. 불법체류자들을 고용하고 있는 곳의 상호와 주소를 댔어."

"뭐라고?"

"굳이 그의 이름을 댈 필요도 없었어."

순식간에 끌로이의 얼굴은 경악으로 하얗게 질리고 말았다.

"후회하지 않아."

끌로이는 사납게 끓어오르는 말이 입 밖으로 내뱉어지지 않는 것처럼 억, 억, 새된 소리만 토해 냈다. 그런 끌로이를 바라보며 지유는 힘주어 말했다.

"다 너를 위한 일이었어."

끌로이는 얼이 빠진 얼굴로 털썩 주저앉아 버렸다. 막상 털어놓고 나니 지유도 허탈해져서 멍하니 서 있었다. 한참이 지나 끌로이가 벌떡 일어났다. 그리고 방으로 들어가 정신없이 캐리어에 짐을 쑤셔 넣기 시작했다.

아파트를 나서며 끌로이는 말했다.

"네가 한 짓을 믿을 수 없어. 순진한 얼굴로 그런 짓을 하다니. 너는 내 인생에서 만난 최악의 인간이야. 절대 용서 못 해!"

쾅, 하고 닫힌 문은 다시 열리지 않았다.

지유는 ICE에 전화를 걸었던 그날, 전화번호의 첫 번째 숫자를 눌렀을 때 온몸에 퍼지던 감각을 기억했다. 신호음이 멈추고 상대가 전화를 받은 순간, 지유는 떨리는 손을 의식하며 생각했다. 이제 다시는 원래로 돌아갈 수 없겠구나. 멘도도, 끌로이도, 그리고 나도. 옳은 일을 한다는 확신이 없었다면 용기를 내지 못했을 일이었다. 솔직히 옆에서 누가 훈수를 둔 것도 아닌데 스스로 그런 해법을 생각해 내고 실행에 옮겼다는 게 지유로서는 감격스러웠다. 하지만 어리석게도 그다음에 뭘 해야 할지 생각 못 했던 게 패착이었다.

그제야 지유는 엄마의 말이 생각났다. 도미노를 잘 쓰러뜨리려면 처음 세울 때부터 전체가 어떻게 쓰러질지 큰 그림을 머릿속에 가지고 있어야 한다고 했던 그 말이.

❦

빨갛게 충혈된 한쪽 눈 때문에 몹시 피곤해 보이는 수사관은 사무적으로 질문을 이어 갔다. 그가 조사하는 상대는

11월 2일 최근에 친해진 타투 숍 직원 권미선을 저녁 식사 후 유인해 자기 집으로 데려간 이지유라는 미국 유학생이었다. 두 사람은 술을 많이 마셨고, 동성애 성향이 있는 이지유는 술에 취한 권미선을 추행했으며, 상대가 완강히 저항하자 그때부터 격렬한 몸싸움이 시작되어 권미선에게 폭행으로 인한 전치 6주의 상해를 입혔다는 혐의였다.

수사관은 피해자 진술조서에 적힌 지유의 범행 사실을 집요하게 캐물었다. 질문이 계속될수록 지유는 혼란스러웠다. 그날 밤 일이라면 이미 삼촌 앞에서 티끌만 한 기억까지 끄집어내 고통스럽게 고백성사를 마친 후였지만, 막상 경찰서에 오니 사건은 상상도 하지 못한 식으로 겹이 생기고 변하는 것 같았다.

"그러니까 몇 번을 물어요. 자려고 누웠던 침대에서 권미선의 가슴을 만졌냐고 안 만졌냐고?"

"……제가 먼저는 아니에요."

"그러니까 만지기는 만진 거네요."

한 남자가 지나가다 멈춰 서더니 수사관의 어깨를 툭 쳤다.

"야, 타이핑 똑바로 해라. 이 아가씨가 그 아가씨 가슴 만졌다잖아."

수사관은 동료로 보이는 남자가 옆에 서서 킬킬대자

"꺼져"라고 말하며 웃더니 다시 무표정한 얼굴로 조사를 계속했다. 지유는 옆에 앉아 계속 대화를 메모하고 있는 삼촌 때문에 더 비참한 기분이 들었다.

"키스는 이지유 씨가 먼저 했죠?"

"아니에요."

"권미선 씨 진술은 다른 거 알죠?"

삼촌이 걱정했듯이 미지의 주장이 사실이 아니라는 걸 입증하기는 쉽지 않아 보였다. 우선 그날 밤 지유가 미지를 집으로 유인했다는 주장을 반박할 증거가 없었다. 지유도 전치 6주의 상해 진단서가 있긴 했지만, 지유의 몸에 난 상처가 성추행을 시도하다 하게 된 몸싸움으로 인한 상처인지, 아니면 미지의 일방적인 폭행에 의한 상처인지 증명하기 어려웠다. 수사관은 미지의 눈가에 생긴 상처와 허벅지에 있는 멍에 대해 집중적으로 물었다. 지유가 그 애의 눈가 상처는 집을 떠날 때까지는 없었다고, 미지가 먼저 무자비하게 폭행했다고, 맞은 사람은 자기라고 항변하자 그가 말했다.

"그래서 어떻게 때렸는데요? 아니, 덩치도 권미선 씨가 더 작더만. 맞고만 있었다고요? 그게 말이 돼요?"

지유가 계속 부인하자 수사관은 미지가 제출한 녹음 파

일이 있다고 했다. 지유는 당황해서 옆에 있는 삼촌을 쳐다 봤지만 그는 침착한 얼굴로 아무런 동요도 보이지 않았다.

'어떻게 나한테 그럴 수가 있어? ……어? 어떻게 그럴 수가 있냐고? 내가 그렇게 만만해 보였어? 왜 나한테 키스했어? 언니 때문에 나 너무 상처받았어.'

울먹이는 미지의 목소리에 이어 한참 훌쩍거리는 소리가 들렸다. 기어들어 가는 지유의 목소리가 이어졌다.

'미안해.'

수사관은 지유를 빤히 쳐다보았다. 지유의 얼굴은 하얗게 질렸다.

"아니 이건, 그런 게 아니에요. 난 그냥……."

지유는 더 말을 잇지 못하고 울음을 터뜨렸다.

"이지유 씨, 울기는 왜 울어요, 어?"

계속해서 다그치는 수사관의 목소리가 멀리서 울려 퍼지는 메아리처럼 아득했다. 정말이지 이런 곳은, 이런 사람들은, 너무 끔찍했다. 세상이 이토록 지유에게 적대적이었던 적은 없었다. 지유는 자기가 할 수 있는 유일한 항변인 양 계속 흐느꼈다.

삼촌은 의뢰인이 좀 흥분한 상태 같은데 잠시 쉬었다 해도 괜찮겠느냐고 수사관에게 양해를 구했다. 그는 기지개를 켜며 말없이 고개를 끄덕였다. 삼촌은 지유를 데리고 복도로 나갔다. 그리고 구석으로 가자마자 심각한 얼굴로 다그쳤다.

"지금 울 때가 아니야. 너 어떻게 된 거야? 왜 그런 통화한 걸 말하지 않았니?"

"정말 아무 뜻도 없었어요. 삼촌이랑 얘기할 땐 그런 말한 게 기억조차 안 났어요. 그냥 너무 피곤하고 귀찮아서, 얼른 대화를 끝내고 싶어서 미안하다고 한 것뿐이에요."

삼촌은 길게 한숨을 내쉬고 물었다.

"거짓말 아니지?"

그 질문에 지유가 다시 울 듯한 표정이 되자 삼촌은 알겠다는 듯이 고개를 끄덕였다.

"이 녹음 너한테 불리해. 현재 우린 그 애의 주장을 반박할 객관적 증거가 부족한 상황이란 말이야. 여러 번 얘기했지만 이건 집 안에서 둘만 있었을 때 일어난 일이야. 둘다 전치 6주에 몸에 상흔이 있는데, 너는 합의에 의한 성관계였다고 상대는 성추행을 당했다고 주장하고 있어. 자, 들어가서 너는 극도로 탈진한 상태에서 얼른 상황을 무마하고 싶어서 미안하다고 한 것뿐이라고 똑똑하게 설명해. 울지 말고."

❣

오늘 엄마를 호스피스 병동으로 옮겼어. 결국 수술은 포기할 수밖에 없었어. 요즘은 하루 대부분을 병원에서 보내. 그냥 엄마 가까이 있고 싶어서. 그리고 엄마가 옆에 있다는 사실에만 집중하고 싶어서. 그 외에 다른 생각은 하지 않으려고 노력해. 최근 내게 일어난 엄청난 사건만으로도 내 머릿속은 엉킨 실타래 같거든. 붙잡고 얘기할 사람이 없어. 엄마도 누워 있고 너도 없으니까 이 세상에 내 말을 들어줄 사람은 없는 것 같아.

아무도.

여전히 나는 네가 지금 어떻게 지내는 건지 궁금해 미치겠어. 추방된 멘도를 그리워하며 나를 저주하고 있는 건지, 아니면 이제 너희 두 사람은 새 보금자리에서 평온을 찾고 행복한 건지. 솔직히 아직도 나는 전자와 후자 중 어느 쪽이어야 내 마음이 더 편할지 모르겠어.

❣

삼촌은 모든 일을 제쳐 놓고 지유 일을 해결하는 데 매달렸다. 조카를 전과자로 만들 수 없다는 그의 각오는 심정적인 이유 때문만은 아니었다. 일이 잘못될 경우 그것이 가져올 현실적 여파를 염려해서였다. 최악의 경우 지유가 실형을 살 수도 있는 문제였다. 설령 집행유예나 벌금형으로 마무리된다 해도 그걸로 끝날 일이 아니었다. 성범죄로 유죄 판결을 받는다는 것은 지유가 앞으로 상상도 못 할 여러 어려움을 감당해야 한다는 걸 의미했다. 여동생이 받을 충격도 걱정이었다.

"네 엄마가 알면 기절할 거다. 건강을 회복한다 해도 다시 쓰러지고도 남을 거야."

양쪽의 주장이 팽팽하게 맞서는 가운데, 조사는 처음부터 지유에게 불리하게 돌아갔다. 지유도 사안의 심각성을 깨닫자 날이 갈수록 초조해졌다. 성범죄 전과 기록이 생기면 향후 미국에서 취업은커녕 학업을 위한 비자를 발급받거나 연장하는 데도 문제가 될 수 있다는 걸 알게 됐을 때, 지유는 자신의 인생이 이 일로 인해 엉뚱한 방향으로 틀어져 버릴지도 모른다는 불길한 예감에 사로잡혔다. 지유는 머릿속으로 최악의 시나리오를 상상해 보면서 점점 지쳐 갔다. 처음엔 낯설게 들리기만 했던 '무죄추정의 원칙'은 이제 지유가 기댈 수 있는 유일한 희망 같았다.

사건은 CCTV 조사 결과가 나오면서 새 국면을 맞았

다. 미지가 주머니에 한쪽 손을 넣고 담배를 피우며 차분하게 아파트를 걸어 나가는 모습이 찍혔기 때문이었다. 하지만 여전히 수사관은 피해자가 진술한 정황이 일관되고 구체적이며, 명백한 상흔이 있고, 피의자가 추행을 인정한 녹취록이 있다는 점에 무게를 두었다. 삼촌은 피의자와 피해자 양쪽 모두 거짓말탐지기 검사를 요청했다. 검사 결과, 미지의 답변은 한 질문을 제외하고 모두 거짓으로 나왔다. 이 같은 결과는 유무죄를 판단하는 근거로서 법적 효력은 없지만 합의에 의한 성관계를 가졌다는 지유의 주장에 힘이 실리는 데 중요한 역할을 했다. 마침내 경찰은 지유에게 성추행 혐의가 없다고 판단해 불기소 의견으로 정리해 처리될 거라고 삼촌에게 말해 주었다. 지유로서는 몇 년처럼 느껴졌던 악몽 같은 시간이 흐른 후였다.

마지막으로 경찰서를 나오며 지유는 말했다.

"드디어 다 끝났네요. 고마워요, 삼촌."

그는 아무런 대꾸도 하지 않고 기사에게 전화를 걸어 출발하자고 말했다. 차를 기다리는 내내 말이 없던 그가 불쑥 입을 뗐다.

"아직 안 끝났다."

"네?"

"그 애 무고죄로 고소해야지."

검은 세단이 다가와 그들 앞에 멈춰 섰다. 삼촌은 말없이 뒷좌석에 올라탔다.

❣

이제 엄마는 입에 인공호흡기를 단 채 이 세상의 말을 잃어버린 사람이 되었다. 담당 의사는 지유에게 마음의 준비를 해야 할지도 모르겠다고 말했다. 그 말을 들었을 때 지유는 이상하리만치 담담했다. 다만 '마음'과 '준비', 그 두 단어가 처음 듣는 단어처럼 생소했다. 거대하고 무시무시한 단절이 다가오고 있었다. 이제 정답을 가르쳐 줄 사람도, 마음을 기댈 사람도 없는 곳으로 가야 했다. 시간이 흐르는 게 두려웠다.

"엄마, 태풍이 오고 있대."

그 말을 하는 지유의 목소리가 심하게 갈라졌다. 그제야 지유는 아침에 간호사와 한두 마디를 나눈 뒤로 종일 한 번도 입을 떼지 않았다는 걸 깨달았다.

창밖엔 가로등 불빛을 받은 앙상한 나뭇가지들이 굵은 빗줄기를 견디며 흔들리고 있었다. 지유는 낮에 구내식당에서 본 일기예보를 떠올렸다. TV 화면은 태풍이 강타한 이웃 나라의 풍경을 전하고 있었다. 부러진 가로수, 꺾어진 가로등, 아슬아슬하게 건물에 매달린 간판들, 깨진 아파트 유리창, 그리고 도로 구석에 뒤집혀 처박힌 자동차가 화면 속에서 반복 재생되고 있었다. 저 지경이 되어도 시간이 지나면 언제 그랬냐는 듯 다시 말짱한 모습이 될 거라는 생각이 들자, 그 복구력이 왠지 끔찍하게 느껴졌다.

전날 지유는 옷가지도 챙겨 오고 오랜만에 잠도 제대로 잘 요량으로 집에 갔었다. 길게 목욕을 하고 침대에 눕자 경보음처럼 전화벨이 울렸다. 병원에서 온 전화였다. 허겁지겁 택시를 잡아타고 병원으로 가는 내내 지유는 울음을 멈추지 못했다.

제발 엄마를 마지막으로 볼 수 있게 해 달라고 기도하고 또 기도했다. 초조한 가슴속에선 엄마에게 하고 싶은 말들이 꾸역꾸역 올라왔다. 나만 두고 갈 수는 없다고, 아직은 안 된다고, 나는 아무것도 자신이 없다고, 그리고 너무나 엄마가 원하는 딸이 되고 싶었다고 말하고 싶었다. 하지만 가장 절박하게 엄마를 붙잡고 하고 싶었던 말은 이거였다. "엄마, 나 어떡해. 끌로이는 이제 나를 영영 안 볼 것 같아." 다행히 그날 밤 엄마는 고비를 넘겼지만, 지유는 그때 확인한 자신의 마음이 부끄러웠다. 엄마에게 미안했다.

자정이 넘은 병실은 바깥세상이 멈춘 것처럼 고요했다. 지유는 가만히 온기 없는 엄마의 손을 잡았다. 낯설게 변해 버린 얼굴로 눈을 감고 누워 있는 여인은 여전히 말이 없었다. 지유는 다시 보고 싶었다. 엄마 특유의 표정과 몸짓을. 거기에 담긴 의도와 미묘한 감정을 자기 것으로 흡수하고 싶었다. 그리고 듣고 싶었다. 늘 엄정한 판단을 내려 주었던 엄마의 목소리를. 사무치게 외롭고 두려웠다. 앞으로 혼자 어디서 무엇을 해야 할지를 생각하면 막막하기만 했다. 지유는 서럽게 꺽꺽대며 울기 시작했다. 이렇게 누워 있는 동안 자기한테 얼마나 엄청난 일이 있었는지조차 엄마가 모르고 있다니. 지금 엄마가 들을 수만 있다면 무릎을 꿇고 하나부터 열까지 지금까지 있었던 모든 일을 고백하고 싶었다. 하지만 문득 바로 그게 엄마가 항상 원하는 거였다는 생각이 들자 이상하게 그런 마음은 서늘하게 식어 버렸다.

그날 지유는 밤새도록 자신이 언제 첫 번째 도미노를 쓰러뜨렸는지를 생각했다.

조용한 병실에서 멍하니 허공을 응시하는 시간이 늘어갔다. 허탈한 평화 속에서 지유는 자기 안의 무언가가 스스로 끌어올릴 수 없을 정도로 굳어 버렸다고 느꼈다. 아침에 눈을 뜨면 또 긴 하루가, 그러니까 어제도 비슷했고 내일도 별다를 게 없을 하루가 시작된다는 사실이 암담했다. 목적 없는 삶이 두려웠고, 목적을 찾아야 할 삶이 버거웠다. 눈을 감으면 그냥 이대로 어디론가 사라지고 싶었다. 그러다 눈을 뜨면 옆에 누워 있는 엄마가 자신을 꼭 붙잡고 있는 것 같았다.

삼촌이 유난히 굳은 얼굴로 병원을 찾은 날, 지유는 일 년 휴학을 하고 싶다는 말을 꺼냈다. 그는 한참 말이 없다 수긍인지 승낙인지 모를 모호한 얼굴로 고개를 끄덕였다. 그리고 혹시 모르니까 맨해튼의 아파트는 그대로 두는 게 좋겠다고 말했다. 역시 삼촌은 자기보다 늘 한발 더 앞서 있다는 생각이 들었다. 휴학한다면 벌써 몇 달째 비어 있는 아파트도 어떻게 할지 결정을 내려야 했다. '혹시 모르니까'는 어떤 가능성을 염두에 둔 말일까. 속으로 의아해하며 지유는 끌로이가 빈 아파트에 찾아오는 상상을 했다.

"의사가 이제 연명치료를 중단할 때가 된 것 같다고 한다."

삼촌이 말했다.

"네? 그게 무슨 말이에요?"

"엄마 그만 보내 주자."

날벼락 같은 말에 지유는 지금 무슨 소리 하는 거냐고 흥분해서 소리를 질렀다. 삼촌은 덤덤한 목소리로 엄마는 말기에 들어섰을 때 이미 연명의료계획서를 썼고, 자기와도 얘기를 끝낸 지 오래되었다고 했다. 지유는 온몸의 피가 머리 위로 솟구쳐 올라오는 것 같았다.

"그럼, 나는요? 어떻게 나하고는 한마디 상의도 없이 그럴 수 있죠? 어떻게 그럴 수가 있냐고요. 안 돼요. 절대로 허락 못 해요!"

"네가 반대해도 어쩔 수 없어. 환자 본인 의사가 가장 중요하니까."

지유는 사정없이 고개를 저었다. 나만 있으면 된다고 했으면서……. 처음 느껴 보는 배신감과 충격에 온몸이 부들부들 떨려 왔다. 차분한 삼촌의 눈빛엔 엄마에게서 자주 보았던 힐난이 담겨 있었다.

"엄마는 다 너를 위해서 그랬던 거야. 너 힘들게 하지 않으려고."

　지유는 아무 말도 하지 않았다. 이렇게 슬프고 무력한 기분은 처음이었다. 원망인지 분노인지 모를 감정으로 가슴이 뻐근했다. 힘없이 눈물만 흘러내렸다.

❣

　수없이 각오했던 순간이었음에도, 인공호흡기를 떼어 내려고 엄마 머리맡에 서자 지유는 돌처럼 굳어 버렸다. 머릿속에서는 네가 무슨 권리로 엄마의 숨을 멈추게 하려고 하냐는 물음이 아우성쳤고, 침통한 마음은 그에 대한 어떤 대답도 내놓을 수 없었다. 지유가 계속 주저하자 옆에 있던 삼촌이 낮은 목소리로 물었다.

　"내가 대신 해 줄까?"

　그 말이 섬뜩한 경고음처럼 지유의 귀에 와 닿은 순간, 지유는 자신이 엄마에게 작별을 고할 권리, 바로 그 권리를 행사하는 거라는 걸 깨달았다. 결코 다른 이가 그 권리의 행사자가 되어서는 안 된다는 것도.

　그렇게, 모든 건 끝이 났다. 지유 안에서 생생하게 살아 숨 쉬던 존재는 마침내 숨을 멈추었다. 여느 때처럼 잠들어 있는 듯한 엄마의 모습은 믿기지 않을 정도로 왜소했다. 천천히 몸을 돌려 병실을 나왔다. 터벅터벅 복도를 걷다 벽에 붙은 거울로 고개를 돌렸을 때, 지유는 자신을 응시하는 서늘해 보일 정도로 무표정한 낯선 얼굴을 보았다.

장례식은 길고 어지러운 꿈 같았다. 화장터에서의 마지막 시간은 유독 느리게 흘러갔다. 사람들의 웅성거림 속에 간간이 흐느끼는 소리가 스산한 공기를 더 시리게 했다. 지유는 복도 구석에서 벽에 몸을 기댄 채 창밖에 비치는 햇빛을 무심히 바라보았다. "햇빛 참 좋다. 오늘 경칩이래"라고 말하는 누군가의 목소리가 들렸다. 순간 엄마의 이름이 쓰인 전광판에 '화장 종료'라는 단어가 떴다. 지유는 아릴 대로 아린 마음속을 비집고 스며드는 이상한 해방감을 느꼈다. 고개를 돌려 저만치에 서 있는 삼촌을 바라보았다. 그는 또 울고 있었다.

❣

장례식을 마치고 혼자 집으로 돌아온 지유는 오래전 아빠의 장례식을 마치고 엄마와 둘이 돌아왔을 때를 떠올렸다. 그때 엄마는 자기를 껴안고 너만 있으면 된다고 말했지만, 지유는 그런 말을 할 대상이 없었다. 이 주 가까이 지유는 집에 틀어박혀 나오지 않았다. 그리고 오랜만에 도미노 방에 들어갔다 손에 집히는 대로 박스 몇 개를 들고 나와 거실에서 도미노를 세우기 시작했다. 지유는 그 행위에 몰두하는 동안만은 시간이 정지한다는 것을, 그리고 거기에서 빠져나오면 시간이 뭉텅이로 흘러가 있다는 걸 깨달았다. 지유는 처음이 끝이고 하나가 전부라고 했던 엄마의 말을 자주 곱씹었다.

삼촌에게서는 몇 번 전화가 왔지만 받지 않았다. 잘 있으니 걱정하지 마시라는 짤막한 문자만 보냈다. 삼촌은 상의할 건이 여러 개 있으니 마음 추스르는 대로 연락 달라는 답변을 보내 왔다.

오랜 고민 끝에 미지를 만나러 가기로 결심한 날, 지유는 창백하게 질려 있는 거울 속 얼굴을 보고 자신이 두려워하고 있음을 깨달았다. 미지는 떠올리는 것만으로도 불쾌한 존재였다. 동시에 두려운 존재였다. 다시 마주하면 어떤 느낌일지 상상이 되지 않았다. 무엇보다 아직 평정을 찾지 못한 마음이 미지와의 재회로 쑥대밭이 될까 봐 두려웠다.

시간이 꽤 지났지만, 그 사건은 지유의 의식 속에 여전히 과부하 상태로 남아 있었다. 아무리 애를 써도 머릿속

에서 미지를 몰아낼 수 없었고, 매번 기억을 소환하는 시도
는 고통스러웠다. 그날 밤 지유가 아는 자신은 산산조각이
나 버렸다. 지유는 그 파편들 속에서 아직도 유효한 자기
모습이 무엇인지를 찾아야 했다. 그리고 어떤 식으로든 미
지와 매듭을 짓고 싶었다.

홀릭 타투의 문을 열고 들어갔을 때 미지에게는 손님이
있었다. 미지는 지유와 눈이 마주치자 놀란 얼굴로 한참을
쳐다보더니 이내 사무적인 목소리로 좀 기다리라고 말했
다. 지유는 말없이 소파에 앉았다. 사납게 뛰던 가슴이 조
금씩 가라앉기 시작했다. 미지는 작업을 마무리하고 손님
과 이야기를 나누는 내내 지유가 그곳에 없는 사람처럼 눈
길 한 번 주지 않았다.

지유는 왼손 검지손가락에 끼워진 반지를 살짝 빼서 그
자리에 새겨진 문신을 바라보았다. 처음 이곳에 왔던 날이
생각났다. 그리고 이어지는 기억은 문제의 그날 밤에 멈추
었다. 그때의 기억이 어지러운 조각 필름처럼 머릿속을 스
쳐 갔다. 미지가 손님을 배웅하는 소리가 들려 왔다. 지유
는 오늘 이곳에 온 이유를 상기하며 질끈 눈을 감았다. 잠
시 후 눈을 뜨자 미지가 자기를 쏘아보며 앞에 앉아 있었
다. 쌀쌀한 날씨인데도 반소매 티셔츠를 입은 모습이었다.

"왜? 우리 다 끝난 거 아니야?"

"아니."

"그러면 뭐?"

"사과받으려고."

미지는 어이가 없다는 듯이 웃었다. 지유가 말했다.

"꼭 그렇게까지 해야 했니? 네가 한 짓을 용서받을 수 있다고 생각해?"

"그러니까 누가 날 화나게 하래? 먼저 혼내 주겠다고 말한 건 그쪽이야."

"그런 뜻 아니었잖아."

"아니거나 말거나."

"너를 무고죄로 고소할 거야."

"그 잘난 변호사 삼촌이 그렇게 하래?"

"하지만 네가 사과하면 안 할 거야."

"사과를 협박해서 받아 내시겠다?"

미지는 굳어진 얼굴로 잠시 아무 말이 없었다.

"글쎄, 사과는 안 하고 싶은데? 미안하지 않거든. 난 언니처럼 옆에 든든한 변호사를 두진 못해서 무고죄로 걸리면 뭐가 어떻게 되는지는 잘 모르겠지만, 어떻게 된다 해도 뭐 어쩌겠어."

미지는 아랫입술을 깨물며 이어 말했다.

"나도 변호사가 도와줬다면 이길 수 있었을 거야."

지유는 이게 어떻게 변호사의 문제냐고 따지려다 말았다. 쓴웃음이 나왔다.

"사과를 해야 할 사람은 내가 아니라 언니 아냐? 나는 진심이었어. 그런데 언니는 나를 진심으로 대하지 않았잖아. 끌로인가 뭔가 하는 사람 때문에 나랑 친한 척한 거라며?"

미지는 처음보다 누그러진 눈빛으로 지유를 쳐다보았다.

"할 말 다 했으면 가. 곧 예약 손님 올 거야."

"너는 내가 이긴 것 같니?"

지유가 물었다.

"이겼잖아."

"아니, 네가 이겼어. 난 네가 생각하는 것보다 훨씬 더 고통받고 상처받았거든. 앞으로도 오랫동안 그럴 거고. 이제 됐니?"

"고통받고 상처받았다고 진 거로 치면, 난 뭐지? 애초부터 진 사람인가?"

미지의 눈빛이 처음처럼 다시 차가워졌다.

"앞으로 살면서 언니가 이길 때마다 그게 언니 힘으로

이긴 거라고 착각하지 마. 알량한 상처를 받았다고 진 거라고 착각도 말고."

미지는 무슨 말을 더 하려다 입을 다물었다. 미지의 말을 들으며 지유는 이유는 모르겠지만 자기가 진 게 맞다는 생각이 들었다. 허탈한 얼굴로 지유가 중얼거렸다.

"이름까지 속이다니……."

"요즘 예명 있는 사람이 한둘이야. 미선이는 촌스럽잖아. 곧 개명할 거야."

"……."

"할 말 다 끝났지?"

지유는 말없이 자리에서 일어났다. 입구를 향해 걸어가다 뒤돌아 미지를 쳐다보았다.

"마지막으로 할 말…… 있어. 나, 너 책임감 없다고 생각하지 않아. 너 열심히 살아온 거 알아."

홀릭 타투의 문을 열고 나오자 그사이 문에 종을 달았는지 종소리가 요란했다.

♥

지난 일 년, 태어나서 가장 고통스러웠던 시간을 통과한 것 같아.

그 불미스러운 사건은 내 마음이 너덜너덜해질 때까지 진을 뺀 후에야 겨우 마무리되었지. 삼촌은 내가 싫다는 데도 그 애를 무고죄로 고소해야 한다고 고집을 부렸어. 다른 사람이 아니라 내 일이기 때문에 꼭 그 애를 혼내 주고 싶다면서. 내가 끝까지 그러고 싶지 않다고 의지를 굽히지 않자 삼촌은 물었어.

"도대체 왜?"

나는 말했어.

"저도 그 애만큼이나 나쁜 짓을 했거든요. 다른 친구한테."

그러고 나니 처음으로 그런 생각이 들었어. 내가 보내는 메일은 자동 삭제되는 걸지도 모른다고. 그러니까 여태까지 네게 보낸 메일은 몽땅 온라인 무덤 속으로 폐기되었을 수도 있다고. 그동안 한 번도 그런 가능성을 생각해 보지 못했다니……. 난 너만 있으면 돼. 나는 그 말의 허상에 얼마나 사로잡혀 있었던 걸까.

서울에 돌아와 너와 함께했던 시간에 대해 많이 생각했어. 돌이켜보면 너는 내가 되고 싶었던 나였어. 너의 활기와 자유로움을 어떻게 사랑하지 않을 수 있을까. 나는 너를 크고 완벽한 존재로 믿고 싶었던 것 같아. 한국에서 엄마가 그랬듯 뉴욕에서는 너를. 그러니까 너는 내게 세상에 유일한 사람이자 모든 이를 합쳐 놓은 사람이었어. 절대 잃어버리거나 빼앗겨서는 안 되는 삶의 전제였어. 너와 나의 삶이 교차하는 시간이 그렇게 짧게 끝나 버리는 건 용납할 수 없었어. 그런 나를, 너는 이해해 줄 거라고 생각했어. 그래서 용서를 비는 대신 용서받기를 바랐어. 하지만 이제는 알 것 같아. 너는 나를 용서하지 않을 거고 얼마든지 그래도 된다는 걸.

너와 함께했던 시간은 뉴욕에서 꾸었던 나의 백일몽이었어. 이제 꿈에서 깨어나 정말 좋은 친구였던 네게 고마웠다고, 그리고 잘못했다고 용서를 구하고 싶어. 이건 네게 보내는 마지막 메일이야. 이젠 진짜 제대로 된 작별 인사를 해야겠지.

안녕, 끌로이.

❣

차분한 저음과 금테 안경이 묘하게 지적인 인상을 풍기는 타투이스트는 말이 별로 없었다. 지유는 왼쪽 팔뚝을 내민 채 얼굴을 돌리고 살갗을 파고드는 감각에 집중하고 있었다. 그는 지유가 얼굴을 찡그리자 마치 보이는 것처럼 "많이 아프세요?"라고 무덤덤하게 한마디하고는 다시 작업에 열중했다. 쉼 없이 금속 바늘이 피부에 내리꽂힐 때마다 날카로운 통증이 계속되었다. 지유는 통증이 견디기 힘들 때마다 눈을 감고 이 문신을 하는 이유를 상기했다.

작업이 끝나자 타투이스트는 만족스러운 표정으로 거

울을 비춰 주었다. 팔뚝에는 날렵한 선으로 그려진 무한대 기호가, 그리고 기호의 한쪽 끝에는 멋스러운 이탤릭체로 쓰인 'J'가 기다란 걸쇠 모양으로 새겨져 있었다. 타투이스트가 물었다.

"마음에 드시나요?"

"네……. 아주요."

타투이스트는 빙그레 웃으며 자리에서 일어나 정리를 시작했다. 지유는 한참이나 거울 속에 비친 자기 모습을 물끄러미 바라보았다. 눈가가 젖어 있는 지유의 얼굴에 서서히 옅은 미소가 떠올랐다.

작가의 말

『안녕, 끌로이』는 애초에 단편으로 썼던 소설이다. 지유가 미지를 우연히 집에 데려왔다가 악몽 같은 하룻밤을 겪게 되는 이야기로 누군가와 알고 지낸다는 것의 허울, 나아가 어떤 이를 잘 안다고 생각하는 게 얼마나 위험한 착각일 수 있는지를 말하고 싶었다. 이후 이 작품은 인디소회 친구들의 독려로 중편이 되었고, 이어 제10회 교보문고 스토리공모전 최우수상 수상을 계기로 장편이 되면서 지유, 끌로이, 미지, 그리고 엄마까지 등장인물들은 더욱 내밀한 이야기를 가지게 되었다. 이들 간의 관계가 빚어내는 균열과 파장에 더 가까이 다가가자 내가 지유를 통해서 하고 싶은 이야기도 자연스럽게 달라졌다.

이 소설이 애초의 이야기에서 출발해 겹이 더해지고 방향이 바뀌어 지금의 종착점에 다다른 과정을 되돌아보면 소설은 혼자 쓰지만 완성된 소설 속에는 많은 이의 지분이 담겨 있음을 깨닫게 된다. 문우인 오선호 작가는 처음부터 이 작품에 애정 어린 조언을 아끼지 않았다. 그건 이야기의 주인이 누구이든 소설, 그 자체에 대한 순수한 애정이 남다르기에 가능한 일일 것이다. 덕분에 단편에 있던 이야기의 씨앗을 발화시키는 데 큰 도움을 받았다. 여러모로 소중한 길잡이 역할을 해 주신 이도우 작가님과의 인연도 감사하다. 이렇게 소설을 쓰는 일은 이따금 내가 운이 좋은 사람이라는 걸 상기시킨다. 작가로서 그분이 지닌 따뜻한 성정과 날카로운 시선을 닮고 싶다. 첫 장편 작업의 기회와 더불어 지원을 아끼지 않은 교보문고, 그리고 『안녕, 끌로이』를 한 권의 책으로 만드는 일은 이 소설에 가장 애정을 가질 이들과의 작업이 될 거라던 약속을 지켜 준 이경주 편집자님께도 감사드린다. 지유 또래의 예비 독자로서 초고를 읽고 의견을 나눠 준 사랑하는 지나와 여러 차례 법률 자문을 해 주신 이병주 변호사님께도 감사의 마음을 전하고 싶다.

이 소설을 쓰는 동안 늘 흔들렸고 관계에 갈급했던 나의 20대를 되돌아볼 수 있었다. 원치 않았던 서사로 마감되며 씁쓸한 상처를 남긴 인연들도 기억 속을 헤집다 만나곤 했다. 나는 사람에게 받은 상처가 쉽게 치유될 수 있다고 믿지 않는다. 다만 그 상처를 스스로 어루만지고 아물기를 기다리며 성숙해질 수는 있다고 믿는다. 누구나 살면서 크고 작은 관계의 실패를 경험하고 그 상처를 자양분 삼아 한 뼘씩 성장한다. 그렇기에 우리가 인생이라는 여정에서 만나는 수많은 타인은 한 사람 한 사람 모두 불가해한 우주이지만, 각각의 불가해한 우주가 운명처럼 만나 부딪히며 만들어 내는 불완전한 사랑이야말로 우리 삶을 지탱하는 힘이자 의미일 것이다.

부디 앞으로 지유가 자신과 덜 불화하게 되기를 바라며, 이제 지유, 끌로이, 미지, 이 세 사람의 아름다운 젊음을 세상 밖으로 보낸다.

2023년 10월
박이강

안녕, 꿀모이

초판 1쇄 발행 2023년 10월 16일

지은이 박이강
펴낸이 안병현, 김상훈
본부장 이승은   총괄 박동옥   편집장 박윤희
책임편집 이경주   디자인 서윤하
마케팅 신대섭 배태욱 김수연   제작 조화연
2차저작권 관리 유재경

펴낸곳 주식회사 교보문고
등록 제406-2008-000090호(2008년 12월 5일)
주소 경기도 파주시 문발로 249
전화 대표전화 1544-1900   주문 02)3156-3665   팩스 0502)987-5725

ISBN 979-11-7061-032-8 (03810)
책값은 표지에 있습니다.